소비노동조합

소비노동조합

김강 소설집

아시아

차례

월요일은 힘들다

박스다. 저기 모래. 모래에 묻혀 윗부분만 보이는 네모난 저것은 박스가 틀림없다. 빈 박스일까. 아니지. 빈 박스라면 바람에 밀려 뒤쪽 숲으로 들어가 있거나 모래에 얹혀 있어야 한다. 무엇이 들어 있을까. 뭐가 들어 있으면 좋을까.

반짝이는 갈치를 발견했을 때와는 다른 흥분이다. 길게 늘어진 은색을 보았을 때 처음엔 뭘까? 궁금했고 갈치라는 것을 알게 된 뒤에는 살아 있는지 알고 싶었다. 놈의 기력이 떨어져 어떤 반항도 할 수 없다는 것을 알았을 때 누군가 채어갈까 냉큼 꼬리를 잡아들고 망태기 안에 넣었다.

무엇이 들어 있을까? 트렁크나 반바지 같은 옷이어도 좋겠다. 혼자 있는 섬이라지만 발가벗고 있을 수는 없다. 언젠가 뱃사람에게 혹은 끈질긴 구조대에 발견될 것이다. 아랫도리조차 가리지 못한 채 두 손을 들고 가로저으며 어서 오시라, 빨리 구해 달라, 반갑고 고맙다 인사하는 모습을 상상한 적 있다. '무인도에서 발견된 생존자'라는 제목의 사진이 전 세계로 퍼져나갈 것 아닌가. 윗옷과 바지를 뜯어 만든, 구멍이 숭숭 뚫린 반바지는 이제 싫다. 이왕이면 나이키나 아디다스 같은 상표의 반바지라면 더 좋겠다. 구조되는 날 그 반바지를 입고 사진 찍히는 거다. 돌아가면 자기 회사의 모델이 되어 달라고 할 것이다. 허락 없이 광고에 사용하다 초상권을 주장하는 내게 거액의 보상금을 안겨줄 지도 모르는 일이다.

종자는 어떤가. 잘 사는 나라의 농과대학 실험실에서 가난한 나라의 시험 농장으로 보내는 실험용 종자—슈퍼 옥수수나 슈퍼 감자 같은—를 담은 박스가 우연히 바다에 떨어져 이곳까지 흘러온 것이다. 새로 지은 집 옆의 땅을 고르고 밭을 만들어 그것들을 키우는 거다. 제대로 된 탄수화물을 맛볼 수 있다면 GMO라도 좋다. 훗날 구조되면 이 섬에서 발견한 야생종이라 우길 수 있지 않을까. 재배 성과와 재배 데이터를 제공하고 공동연구자 혹은 공헌자로 이름을 올려달라 요구할 수 있지 않을까.

책만 아니면 된다. 책이라도 읽으면서 시간을 보내라고? 정말 고맙군. 평소에 읽고 싶었던 책이었어. 이렇게 말하면 될까? 시대와 세대, 지역을 뛰어넘는 고전이니 몇 번이고 반복해서 읽어야 한다고? 그 속에 담긴 깊은 통찰과 인간애를 체화해 비로소 완벽해진 나, 그걸 원하는 거야? 자신 이외에는 아무도 없는 외딴섬에서 그 긴 세월을 어떻게 보내셨습니까? 누군가 묻겠지. 네, 우연히 파도에 밀려온 묵자를 읽으며 그의 겸애사상을 이해하게 되었고 다른 사람들과 더불어 살아가는 것에 대해 깊이 고민하게 되었습니다. 그렇게 대답하면 되는 거야? 혼자 지낸 이 섬에서 그것을 배웠다고? 어느 나라 글자인지도 모르는 그 책으로? 책, 그래, 어쩔 수 없이 책이라면 두꺼웠으면 좋겠다. 불쏘시개로 쓰려면 두꺼운 편이 낫다.

박스까지 가는 동안 두 번 넘어졌다. 한번은 돌부리에 걸려서, 한번은 모래에 발이 빠져서. 솔직하게는 생각을 하다가, 서두르다가, 다리에 힘이 풀려서. 오늘은 월요일, 힘든 날이니까. 모든 월요일은 힘들지만 오늘은 평소의 월요일 아침보다 조금 더 몸이 무거웠다. 어제 내린 비가 일조를 했다. 하지만 비를 탓할 수 없다. 새벽까지 내린 비가 반가웠다.

길이 낯설어지는 날이 있다. 처음 걷는 길이 아님에도 주저되는 그런 날. 오늘이 그런 날이다. 어제 비가 왔다. 삼 주 만에 내린 비였다.

삼 주 동안 목말랐던 내가 힘을 낸 만큼, 딱 그 정도 나무들이 힘을 냈다. 다른 것들, 풀이나 돌들 그리고 바위들도 물먹은 티가 확연했다. 녹색이 숲을 지배하고 있다. 하루 사이에 달라진 색조 탓인가. 숲길에 들어서면서부터 계속 두리번거렸다. 낯설었다.

2개월 전부터 시작한 새집 짓기는 좀처럼 진도가 나가지 않는다. 필요한 때에 적당한 자재가 공급되지 않는 것이 주요한 이유다. 단층으로 지을 예정이라 자재가 많이 필요하지는 않지만 적당한 것을 찾아내는 것은 어려운 일이다. 혼자 하는 작업인 탓도 있다. 가문 탓 비가 온 탓 바람 분 탓도 한몫했다.

얼마 전 현장에서 돌아오는 길에 넓고 편평한 작은 바위 하나를 봐 두었다. 식탁 겸 탁자로 사용하기에 적당했다. 다행히 바위가 있는 곳에서 현장까지 오르막 경사가 많이 지지 않았다. 바위는 생각보다 무겁지 않았고 굴림대로 쓰인 나무들은 잘 견뎌주었다. 일 년 동안의 노동이 만들어준 강한 근력 덕분이기도 했다. 뿌듯했다. 새로 짓는 집 한쪽에 바위를 내려놓고 돌아온 뒤 계획대로 물 작업을 했다. 어제 받아 놓은 빗물을 따로 담아 두었고 숲속 웅덩이에 고인 빗물을 떠왔다. 내일까지 두었다가 흙이나 이물질이 가라앉고 나면 윗부분만 떠서 담는다.

물이 가장 중요하다. 이번처럼 가뭄이 들고 따로 모아둔 물이 없으면 쪼그라든 나뭇잎 같은 몸을 끌고 숲속 여기저기 물을 찾아 헤매야 한다. 결국 지친 몸을 어느 큰 바위 위로 툭 내던지겠지. 겨우 힘을 내어 고개를 돌아보는데 꽃이 눈에 들어오고. 분명 붉은색이었을 꽃, 떨어진 바위에 그대로 붙어버린, 바짝 마른 미라 같은 적갈색의 꽃을 보고는 정신이 번쩍 들 거다. 허겁지겁 바위 아래의 풀을 뜯어 입에 넣고는 즙을 빨아 먹겠지. 그러고는 아까운 눈물을 흘리는 거지.

첫 한 달은 네 번의 비가 왔고, 다음 한 달은 여덟 번의 비가 왔다. 달이 갈수록 물을 모으는 일은 익숙해졌다. 지금은 한 달 정도 비가 오지 않아도 크게 무리가 없을 정도. 기록에 의하면 비가 오지 않는 달은 없었다.

내일은 바위를 거실 중앙에 가져다 둘 것이다. 굴림대 위에 바위를 그대로 두고, 굴림대 사이에 돌멩이를 끼워 놓으면 흔들릴 일은 없겠지. 다음엔 문과 지붕을 만드는 데 쓸 나무를 찾아 다녀야 한다. 한참 동안 숲속을 돌아다니다보면 피곤해지고 지치겠지만 월요일보다 더 힘들지는 않을 것이다. 화요일이니까. 수요일 오후에는 어떤 작업도 하지 않기로 정한 것은 잘한 결정이었다. 수요일 오후가 되면 쉴 수 있다는 희망은 수요일 오전까지 일할 수 있는 동력이 된다. 수요일 오후를 쉬고, 목요일, 금요일 일하고 나면 토, 일 또 쉬고. 일주일을 버티고, 버틴 일주일을 모아 한 달을 보낼 수 있는. 한 달이 모여 일 년이 지나가는 것은 기다림의 체감 시간을 줄여주는 데 큰 도움이 된다. 일 년을 그렇게 보냈다.

어제는 일요일, 쉬는 날이었다. 내리는 비와 그 비를 받아내던 파도와 파도를 밀어 올리던 바다를 바라보았다. '월요일까지 계속 비가 왔으면 좋겠다. 그러면 쉴 수 있을 텐데.' 하고 생각하다가, 언제 어디에 있든 변하지 않는 '쉬고 싶다.'는 마음가짐에 감탄하다가, '그곳에도 비가 오고 있을까?' 하고 궁금해하다 그날 생각이 났다. 솔직히 말하면 나는 내 기억이 정확한지 확신이 없다. 겨우 일 년이 지났을 뿐인데. 기억하는 것처럼 사고가 났던 건지 그래서 어쩔 수 없이 이곳으로 흘러온 것인지, 어딘가로 가고 싶어 어디로 가버릴까 고민하던 중 사고가 났고 '기회다!' 하고 무작정 도망쳐 이곳까지 오게 된 것인지 잘 모르겠다. 분명한 것은 머리가 아파 눈을 떴다는 것이다. 머리가 지끈거리는 그런 두통이 아니라 해안가 바위에 머리를 부딪혀 생긴 통증이었다. 아파서 눈을 뜬 것이니 파도와 갯바위가 생명의 은인인 셈이다. 머리의 통증은 이내 잊혀졌다. 통증이 문제가 아니었으니까. 더듬거리며 바위를 딛고 해안가에 올라섰을 때 『로빈슨 크루소』가 떠올랐고, 『파리 대왕』의 문장 하나하나를 외우지 못한 것이 아쉬웠다. 그리고 한 가지 더, 그날은 월요일이었다. 월요일이네. 한마디 내뱉고는 머리가 아픈 것이 바위에 부딪혀서가 아니라 월요일이라서 그럴지도 모르겠다는 생각을 했던 것 같다. '목요일까지는 돌아가야 하는데. 그래야 금요일 출근하고 토요일, 일요일 쉴 수 있는데.' 이런 생각을 하며 해안가 바위에 한참 동안 앉아 있었다. 돌아가기 힘들지도 모른다는 생각은 들지 않았다. 여행 중 일어나는 예상치 못한 해프닝이라 생각했다. 요트가 뒤집히기 전 선장은 구조대나 해안 경비대에 연락을 했을 것이다. 곧이어 도착한 구조대는 바다 위 뒤집힌 채로 떠 있는 요트를 발견하고 근처에 있던 몇몇 승객들을 구조했을 것이고, 한 명이 보이지 않는다는 것을 파악하고 나서는 근처의 바다와 섬 등을 샅샅이 뒤졌겠지. 한국 국적의 관광객 한 명이 실종되었다는 보도가 나오고 뉴스 전문 채널이나 몇몇 종편에서 속보로 다루어졌을 수도 있다. 지인 중 한 명이 제공한 얼굴 사진이 티브이에 나왔을 수도 있겠다. 최선을 다해서 찾을 것이라는 현지 구조대의 인터뷰가 있었을 것이고, 그들은 정말로 최선을 다했을 것이다. 정말로. 하지만 그날은 월요일이었고 구조대도 힘든 날이었다. 하필이면 월요일이야. 구조대원 중 한 명이 이야기했을 수도 있다. 몇몇은 맞장구를 쳤을 것이고 몇몇은 '그래도 찾아야지.'라며 동료들을 독려했을 것이다. 하필이면 월요일이었고 그렇게 월요일이 지나가고 몇 번의 월요일이 더 지나간 후 나는 '실종자'가 되었을 것이다. 사망자가 아니었기에 가족들은 장례도 치르지 않았을 것이고 보험금도 타지 못했을 것이다. 회사에는 장기결근자로 기록되었을지도 모르겠다. 가족과 협의해서 퇴사처리를 하려고 시도했을 수도 있지만 가족은 절대로 동의하지 않았을 것이다. 실종자 수색을 멈추지 말아 달라 돌아가며 일인 시위를 했을지도 모른다. 청와대에 청원을 했을까? 진실로 나는 살아 있기도 하니까. SNS에 호소문이 떠돌아다닐 것이고 안타깝다는 댓글들이 달리겠지. 몇 년이 더 지나면 지친 누군가 먼저 말을 꺼내지 않을까? 몇 가지의 유류품과 합리적인 추론을 근거로 사망자로 인정해주기를 원하겠지. 사망자가 되는 순간 가족과 보험사와 회사 사이에 얽혀 있던 많은 문제들이 사라지고 아무 일 없었던 듯 그들은 살아가는 거다. 것이고 것이고 것이다를 반복한 그 몇 년 중 일 년이 지났다.

섬을 돌아다니다보면 누군가를 만날 것이라고 생각했다. 만나면 어떻게 이야기하지? 영어로 해야 하나? 영어는 알아들을까? 쓸데없는 고민이었다. 숲을 가로질러 반대편 해안가까지, 반대편 해안가에서 해안을 따라 출발했던 곳까지 돌아다녔지만 사람의 흔적은 없었다. 이 섬에서 동물은 나 혼자라는 것을 확신하는데 사흘이면 충분했다. 빨리 구조되었으면 좋겠다, 바라지 않았다. 당연히 구조는 될 것이라 믿었으니까. 다만 시간을 조금 두고 발견되기를. 돌아가기 싫었으니까. 애써 해안가에 SOS를 써 둔다거나 불을 피워 신호를 보내지도 않았다. 구조되고 싶은 마음에 이것저것 노력을 해본들 힘만 빠질 것이 분명했다. 언젠가는 돌아가겠지. 결국은 다들 집으로 돌아가지 않나. 이왕이면 푹 쉬고 돌아가고 싶었다. 휴가를 길게 왔다 생각했다.

곧 휴가가 아니라는 사실을 깨달았다. 무인도니까, 혼자 있으니까 매일 늦게까지 잠을 자고 빈둥거릴 수 있다고? 그것은 나의, 우리 모두의 착각이다. 첫 한 달은 많이 힘들었다. 먹는 것과 마시는 것, 그리고 익숙해지는 것. 삶을 유지한다는 것은 어디서나 고된 작업이다. 다행히 해결했다. 해산물과 숲속의 웅덩이, 그리고 시간.

수화물 박스다. 수화물에 붙은 종이는 물에 불었고 글자는 지워졌다. 확인할 수 있는 것은 'Hong Kong'이라는 글자. 왼쪽 상단에 있었으니 받는 쪽은 아니다. 누군가 홍콩에서 무언가를 구매했다. 비행기 사고가 있었든, 배에서 떨어졌든 경로는 중요하지 않다. 홍콩에서 왔다는 것이 중요하다. 성냥을 씹어대던 주윤발의 눈웃음과 장국영의 젖은 눈동자, 모두 홍콩에 있다. 그 홍콩에서 온 박스다. 여기서 열어볼 수는 없다.

무겁지 않다. 가뿐하게 들어 올릴 수 있을 정도는 아니지만 두 팔로 들어 움막까지 갈 수는 있다. 돌아봐야 할 해안이 남아 있지만 오늘은 이것으로 충분하다. 홍콩에서 온 택배인데 다른 무엇이 필요한가. 박스의 크기에 비해 무겁지 않은 것으로 보아 책은 아니다. 이 정도 크기의 박스에 책 몇 권만 넣고 포장해 보낼리는 없다. 아무렴. 내용물이 흔들리지 않는 것으로 보아 내부는 가득 차 있다. 완충제를 가득 채워두었거나.

문득, 짝퉁 시계나 짝퉁 명품가방 혹은 귀금속이면 어쩌지 하는 생각이 든다. 반팔 티의 양쪽 팔이 들어가는 곳에 양발을 넣고, 얼굴이 들어가는 부분은 엉성한 바느질로 묶어서 막아 놓고, 허리 부분을 밧줄을 끼워 넣은 반바지를 상상해본 적 있나? 그 반바지를 입고 짝퉁 명품 가방을 둘러맨 표류인이 숲속을 휘젓고 다니는 것이 보이나? 짝퉁 명품 가방 안에는 점심으로 먹을 작은 게와 조개, 물병 하나가 들어 있겠지.

설마. 하는 마음이 발걸음을 재촉한다. 시계는 도움이 될 것 같고, 가방도 나쁘지 않다. 반지나 목걸이라면 작은 병에 담아 섬 어딘가 묻어야겠다. 꽤 그럴듯한 지도를 만들고 암호와 암시, 기호를 남겨 두는 거다. 지도 몇 개는 병에 넣어서 바다로 띄워 보낼 것이다. 누군가 보물지도라 생각하고 찾아다닐 수 있지 않을까. 구조가 되어 돌아가게 되면 그럴듯한 이야기와 함께 지도를 퍼트려야겠다. 그런데 여기를 어디라고 설명하지? 만약 누구에게도 속해 있지 않는 섬이라면 소유권을 주장할 수 있지 않을까. 보물이 묻혀 있는, 소설 같은, 기적 같은 표류와 생존의 이야기가 전해지는 섬. '무인도 체험'이나 '그 사람처럼 살아보기'와 같은 이벤트면 사람들의 관심을 끌기에 충분하지 않을까. 그러고 보니 섬 이름을 짓지 않았다. 박스를 확인하고 난 후 섬 이름을 지어야겠다. 섬 곳곳에 섬 이름을 적은 팻말도 달아 놓아야겠다. 모처럼 심장이 쿵쾅거린다. 홍콩에서 온 박스 때문이다. 그동안 심장이 쿵쾅거릴만한 일이 좀처럼 없었다. 익숙해지고 여유가 생긴 덕분이다. 아니다. 심장이 쿵쾅거릴 시간이 없었다. 여유는 개뿔.

좀 더 나은 삶을 향한 새로운 시도는 어디든 존재한다. 좀 더 나은 숙소와 좀 더 나은 저장 용기가 필요하고 또 다른 먹거리를 원한다. 처음에는 해안가 바위틈이 잠자리였다. 그러다 숲으로 들어가는 초입, 나무를 이어서 만든 작은 움막에서 지냈다. 지금은 섬의 한가운데 새 집을 짓고 있다. 새로운 먹거리를 찾는 것은 까다로운 작업이다. 일단 소량으로 맛을 보고, 수 시간 혹은 수일 내에 복통이 생기는지, 설사를 하는지를 살핀 다음에야 먹을 만한 것으로 인정했다. 물론 그럼에도 주식은 해산물이었다. 새로운 작업은 더뎠지만 즐거운 일이기도 했다. 불을 발견하고, 철기를 발견하고, 증기기관을 발명하고, 핸드폰을 손에 쥐었던 인류의 즐거움, 환호다. 새로운 발견 혹은 새로운 작업은 우연히 혹은 갑자기 머리를 스치며 나타나지 않는다. 끊임없이 두리번거리고 고민해야 하고 무엇보다 불편함을 참지 않아야 한다. 불편함을 참지 않는 것, 힘든 일이다. 웬만하면 참는 데 익숙한 나에게 참지 않는 것은 정말 편하지 않다.

게다가 새로운 발견과 새로운 작업이 나타났다 하더라도 다른 모든 일들을 제치고 해야 하는 최우선은 아니다. 먹을 것을 구하는 일, 마실 물을 준비하는 일, 불을 꺼트리지 않는 일 등등. 하루라도 빠져서는 안 되는 기본적인 일들이 있다. 기본적인 일들을 마친 후 여가 시간이 되어서야 새로운 작업을 할 수 있다. 여가 시간. 시간을 아는 것도 중요한 일이다. 솔직하게 말하자면 오늘이 정말 월요일인지는 알 수가 없다. 먹는 것과 마실 것, 불을 간수하는 일이 익숙해질 무렵 잊고 있었던 요일이 필요해졌다. 매일 하는 일, 격일로 해야 할 일, 그리고 쉬어야 하는 날 등을 정해야 했다. 힘이 나면 일하고, 지치면 쉬는 식으로 하루를 보내다 보면 해 놓은 일은 없어 보였고 쌓아 놓은 것들도 보이지 않았다. 임의로 요일을 정했다. 시작은 금요일이었다. 토요일이라고 하면 쉬고 싶은 마음을 너무 드러내는 것 같았고 일요일이라고 하자니 쉴 수 있는 시간이 얼마 남지 않았다. 그렇다고 월요일이라고 할 수는 없지 않은가. 보람찬 금요일을 보냈고 토요일, 일요일을 쉰 후 월요일을 맞이했다. 월요일 아침, 일어나는 순간 등이 뻐근했고 다리는 무거웠으며 또 일주일을 어떻게 보내나 하는 푸념이 입에서 나왔다.

오늘도 마찬가지다. 월요일이다. 오전에는 바위를 현장까지 옮겨놓아야 했고 빗물과 웅덩이 물 작업을 했다. 점심으로는 엊저녁 구워 먹고 남겨둔 게와 작은 물고기 세 마리로 출출한 속을 달랬다. 지난주 금요일 숲에서 따온 열매에 눈이 가기는 했지만 아직 자신이 없었다. 저녁으로는 공사현장 근처에서 가져온 보리를 닮은 이삭을 구워 먹어봐야겠다는 생각을 했다. 점심을 먹고 잠시 앉아 있다 일어섰다. 오전에 물 작업을 하면서 보니 웅덩이가 얕아졌다. 비가 내리기 전 웅덩이를 더 깊이 파놓아야 했다. 그러고 난 후 해안가를 훑어보기 시작했다. 해안가를 둘러보는 것, 매주 월요일 오후 해야 하는 일과다. 월요일 오전에 비해 월요일 오후는 그나마 버틸 만하다. 새로운 물건을 발견할지도 모른다는 기대감 덕분이다.

내가 조류에 쓸려 이 섬으로 들어온 것처럼 많은 것들이 섬으로 흘러 들어왔다. 플라스틱 병, 비닐, 찢겨져 나간 그물의 일부들. 이런 것들이 종종 해안가 바위틈에 끼어 있거나, 모래에 묻혀 있었다. 세간살이의 많은 것들을 그렇게 얻었다. 누군가 지켜보고 있다가 필요로 하는 물건들을 하나씩 보내주는 것은 아닌가 하고 가끔 생각하기도 했다. 지난주는 왼쪽으로 돌아보았으니 이번 주는 오른쪽이었다. 왼쪽 해안가는 바위가 많아 맨발로 걷기에 편하지 않지만 그만큼 수확이 많다. 페트병이나 비닐이 들어왔다가 바위틈에 끼어 나가지 못하고 있는 경우가 꽤 있다. 적도 어딘가, 사람들이 버린 쓰레기가 섬이 되어 있다는 이야기를 들은 적 있다. 그때는 '바다가 불쌍하다.'라든지, '버리는 사람들이 너무 몰지각하다.'는 등 말을 했다. 섬에 온 이후로 생각이 바뀌었다. 그곳 근처 어딘가 그 물건들이 필요한 사람이 살고 있을지도 모른다고. 그 쓰레기 섬 주위의 조류가 바뀌어 그중 일부가 이곳으로 흘러 들어왔으면 좋겠다고.

오른쪽은 왼쪽에 비해 조금 싱거운 코스다. 바위보다는 모래가 많은 곳이라 걷기에는 편하지만 그만큼 얻는 것이 적다. 소설에서는 바다거북이 알을 낳는 일도 많던데 이 섬의 오른쪽 해안에 그런 일은 없었다. 나이가 든 것인지 병 든 것인지 혹은 탈출한 것인지 알 수는 없는, 모래 위로 밀려와 막 숨을 거둔 갈치를 발견한 것이 제일 좋았던 기억이다. 이름을 아는 무언가를 만나는 것은 기쁜 일이다. 정체불명의 조개와 정체불명의 깁각류와 정체불명의 물고기들을 앞에 두고 망설이던 나에게 갈치라는 이름을 가진, 먹어도 좋다 확인할 수 있는 먹거리가 주어진 날이었다. 이후로 오른쪽 해안을 걸으면서 기대하는 것은 갈치 같은 횡재다.

　박스를 연다. 박스 안 또 하나의 박스. '뽁뽁이'라 부르는 완충제가 보인다. 두 번째 박스를 연다. 검은 비닐에 쌓인 세 번째 박스. '뽁뽁이'는 요긴한 물건이다. 움막 한쪽의 비닐을 모아놓는 곳에 가져다 둔다. 세 번째 박스를 앞에 두고 앉는다.

　인형이다. 털이 보송보송한 곰 인형이나 때가 되면 옷을 갈아 입혀야 하는 긴 머리 인형은 아니다. 비닐과 고무와 실리콘을 적당히 엮어 붙여 놓은 인형이다. 고무 튜브처럼 공기를 불어 넣는 꼭지가 보이고 공기를 넣을 수 있는 수동 펌프도 같이 들어 있다. 충전기와 AAA 사이즈의 건전지 네 개가 펌프 옆에 놓여 있다. 건전지는 사용할 데가 있겠지만 충전기는 쓸데가 없다. 전선줄만 잘라 따로 두어야 겠다. 설명서. 친절하게도 무려 10개 국어로 이루어져 있다. 한글이다. 일 년 만에 보는 한글. 반갑다. 두고두고 읽으리라. 한글 부분만 분리해 둔다. 나머지는 불쏘시개로 써야겠다.

　뭐 하자는 거지. 놀리는 건가. 일 년 동안 혼자 있게 둔 다음 이런 야릇한 것을 보내놓고는 어떻게 하는지 지켜보고 있지는 않을까? 비슷한 영화가 있지 않았나. 하지만 이 정도로 비열하지는 않았다. 혹시 내가 리얼 다큐 프로그램 같은 것에 지원한 적 있었나? 매직펜으로 성의 없이 그려 놓은 듯한 일자 눈썹과 물고기처럼 옆으로 붙은 눈, 그리고 정면을 향한 콧구멍. 이런 걸 쓰는 사람이 있단 말이지. 이걸 보고도 느낌이 온단 말이지. 과하게 도드라진 입술과 밥그릇을 엎어 둔 듯 보이는 가슴, 그리고 과장된 여성의 음부가 눈에 들어온다. 아랫도리에 힘도 들어왔다. 일 년 만인가. 그러고 보니 일 년 만이다. 사고가 나던 날, 휴가의 둘째 날 아침 발기가 되었었다. 휴가 오니 너도 좋은 거냐? 농담을 내뱉으며 둘째 날 일정을 준비했었다. 성적인 자극에 대한 반응은 아니었다. 건강한 육체의 당연한 반응이었다. 어쨌든 그날 이후 처음이다. 일 년 동안 힘들었던 거야, 정말. 재작년 겨울휴가 때 한 번, 작년 여름휴가 둘째 날이었던 사고가 나던 날 아침, 그리고 일 년이 지난 지금. 그렇게 세 번. 이 년 동안.

그녀를 만날 때였다. 만난 지 두 달쯤 되었을 때 그녀가 말했다. 자기는 왜 손만 잡아? 키스를 하자, 오늘 밤은 같이 있자, 그런 말을 왜 안 해? 내가 성적인 매력이 없는 거야? 아니, 그건 아니야. 그냥 같이 자고 나면 피곤할 것 같아서. 피곤한 것도 아니고 피곤할 것 같아서? 그게 말이 된다고 생각해? 말 안 되지. 그런데 내가 지금 그래. 피곤해. 내가 하는 일이 그래. 피곤할까봐 겁나. 그녀를 안으면서도 발기가 될까봐, 그래서 어쩔 수 없이 뭔가를 해야 할까봐 항상 걱정했다. 짧은 만족감을 위해 다음날 하루를 힘들게 보내고 싶지 않았다. 그게 어떻게 짧은 만족감이냐. 서로 사랑하는 것인데, 서로를 안고 만지고 느끼는 것인데 어떻게 그렇게 말할 수 있냐? 누구든 다그칠 수 있겠지만 나의 대답은 지금도 똑같다. 그냥 가만히 있어도 하루하루가 얼마나 힘든데, 온몸을 짜내어 그렇게 쏟아붓고 나면 다음날 어떻게 일하라고. 나는 발기를 거부했다. 몸과 마음으로. 아마도 그것 때문이었을 것이다. 얼마 후 그녀는 나를 떠났다.

힘이 들어갔던 아랫도리가 제자리로 돌아왔다. 휴우. 인형 앞에 앉는다. 이제 어쩐다. 이걸 어디에 쓴다.

원래의 목적대로 사용하는 것은 어떨까. 누가 보고 있는 것도 아니고. 일 년을 혼자 그렇게 살아왔으면 선물처럼 온 저 인형을 사용해 느껴보는 것도 좋지 않을까. 비록 조잡하기는 하지만 홀로 지새우는 밤보다는 좋지 않을까. 그런데 말이야. 했다 쳐. 한 번 쓰고 나면 씻어야 하는데. 마실 물도 부족한 판국에 인형을 씻을 물이 어디 있어. 그래, 물은 어떻게 구해본다 쳐. 갑자기 덜컥 구조라도 되면 저 인형에 대해 뭐라고 설명할 건데. 일 년이라는 힘든 시간 동안 함께 해준 고마운 은인입니다. 이렇게 말해야 하나. 무인도에서 그가 한 일은? 이런 제목으로 동영상이 퍼져 나가겠지. 왜곡된 성 인식과 병적인 집착으로 가득한 남성. 남자라는 동물은 변하지 않는다, 구제불능이다. 그렇다. 아무런 제약 없는 무인도라서 더더욱 변태적이고 말초적인 본성을 드러낸 것이다. 이렇게 말들 하겠지? 모든 여성들의 적이 되겠지. 차라리 구조되지 않는 편이 낫다. 또 있다. 다음날이 문제다. 몸이 피곤해진다. 하루에도 두세 번씩 인형의 뜻과는 관계없이 마음대로 할 수 있을 텐데, 결국 몸은 축나고 일은 진행이 되지 않을 텐데. 지금까지 버텨온 일 년이 그렇게 무너질 텐데. 규율과 성실함으로 하루하루를 버텨온 나 아닌가. 해가 떨어지면 바로 졸음이 밀려올 정도로 일이 많지 않은가. 삶을 버티고 이어가는 것이 얼마나 힘든 일인데. 인형에 에너지를 쏟아 낼 수는 없는 일이다. 후손을 이어야 할 의무가 없다면 섹스는 혼자든 둘이든 필요 없는 짓이다. 그래, 그게 진실이다.

그렇다고 인형을 버릴 수는 없다. 타고 온 상자에 다시 넣어 바다로 보내버릴까. 아깝다. 인형을 각각의 부분으로 나누어 사용해볼까? 나일론으로 만들어진 머리카락을 한 올씩 풀어내면 실로 사용할 수 있지 않을까. 몸통은 공기를 넣으면 불룩해지겠지. 낡은 천으로 감싸면 베개로 쓰기에 적당하지 않을까. 베개라니. 이런 호사가. 머리는. 머리는 어디에 쓰지. 집 앞에 걸어두는 장식용으로 쓰기에는 소름끼치고. 굴러다니게 그냥 두면 깜짝깜짝 놀랄 것 같은데. 도드라진 입술에 깊은 목구멍을 가지고 있으니 문어나 게를 잡는 통으로 사용해볼까. 여기에 문어가 있었나? 좀 으스스한가. 머리카락 다 뽑힌

머리와 인형의 몸통, 모터와 함께 떨어내어진 음부가 움막 구석 어딘가에서 발견된다면 너무 엽기적인 것 아닌가. 정말 구조라도 되면 사람들이 먼저 나를 정신과에 데려가지 않을까. 표류기간에 발생한 심리적, 정신적인 문제가 엄청났던 모양입니다. 정상적인 인간으로서는 생각할 수도 없는 일을 저지른 것 아닙니까? 무인도에 혼자 있었다고 해서 모든 사람이 저렇게 되겠습니까? 아마도 그의 깊은 곳에는 원천적으로 저런 잔인한 본성이 숨어 있었을 것입니다. 표류라는 계기가 그 본성을 깨운 것이지요. 종편이나 뉴스 전문 채널에서 집중 보도를 할 것이고, 명색이 전문가인 사람들 몇몇이 심리를 분석하고, 아쉬워하고, 그러면서도 인간으로서는 용납되지 않는 행동이라고 하겠지. 한번 이렇게 무너진 도덕관념은 다시 돌아올 수 없으니 앞으로 나를 면밀히 관찰해야 한다고 주장하는 사람도 있겠지.

　머리가 아프다. 괜히 주워왔다. 다시 파도에 휩쓸려 나가도록 두었어야 하나. 다음부터는 현장에서 바로 확인해야겠다. 꼭 필요한 것이 아니면 다시 흘러가도록 두어야겠다. 내일은, 내일 할 일 많은데. 공사 현장에 가서 바위를 거실로 옮겨놓고, 문과 지붕으로 쓸 나무를 찾으러 다녀야 하는데. 가두리도 하나 새로 만들어야 하고. 섬 이름, 그래 섬 이름도 하나 지어 팻말을 섬 곳곳에 달아야 하는데. 그래서 오늘 밤은 편안하게 푹 자야 하는데. 아, 저녁밥도 먹어야 하는데. 배는 고프지도 않고 더부룩하기만 하고. 먹을 것이 없어 고생한 적은 있어도 소화가 안 돼서 고생을 한 적은 없었는데. 상자에 도로 넣어 버릴까. 섬 어딘가 찾지 못할 곳에 묻어 버릴까. 나도 모르게 묻어버릴 수 있을까. 자야 하는데. 머리도 아프고.

아, 월요일은 힘들다.

소비노동조합

이번 달도 입금이 되지 않았다. 처음엔 행정상의 오류이겠거니 생각했다. 가끔씩 늦게 입금이 되는 일도 있으니까. 하지만 2개월 연속으로 입금이 되지 않는 것은 정상이 아니다. 이건 사고다. 다행히 이번 건은 잔여 회가 4회다. 더 이상 손쓸 수 없는 극단적인 상황이라 해도 손해가 크지 않다. 엄밀히 말하면 이익이 조금 줄어드는 정도다. 원금은 5개월 전에 이미 회수했다. 녀석은 3,000KD(Korean Dollar)를 빌리는 대가로 월 200KD짜리 기본소득 통장과 체크카드를 맡기고 갔다. 2년을 맡기는 조건이었다. 3,000을 빌려주고 4,800을 받는 것이니 24개월에 60%의 이익이다. 멋진 장사다. 이미 3,600을 받았으니 이자수익률은 20%가 넘는다. 남은 4회를 받지 못한다

하더라도 나쁘지 않다. 하지만 내 머리를 맴도는 것은 받지 못할 수도 있는 1,200이다. 받아야 한다. 버릇이 되면 안 되니까. 녀석이? 아니다. 내가 버릇이 드는 것이 문제다.

나는 사채업자다. 2069년, 21세기의 중반을 막 지나친 지금은 모두가 행복한 시대다. 사채업자도 행복해야 한다. 선배들 말로는 30여 년 전까지만 해도 우울했다고 한다. 빌려준 돈을 받기 위해 쫓아다녀야 했다. 말로 전화로 망신을 주며 괴롭혔다. 그것도 폭력이다. 여차하면 잡혀 들어갔다. 돈 빌려주고 욕 듣고, 돈 날리고 잡혀 들어가고. 이자율도 정부가 마음대로 정했다. 선배들이 너무 심했던 것은 맞다. 사람이 살 수는 있게 했어야 하는데 채무자를 삶의 경계까지 몰아붙이기 일쑤였다. 그것으로 인해 자살을 하는 이도 있었다고 한다. 좋은 소리를 들을 수 없는 것은 당연한 일이었다. 요즘 그런 일은 없다. 직업이 없는 사람들을 상대로 돈을 빌려주는 업자들이 아직 있기는 하지만, 대부분의 업자들은 애초에 그런 사람들에게 돈을 빌려주지 않는다. 그렇다고 돈을 빌리지 못해 삶을 끝내는 사람도 없다. 지금은 황금시대다. 30여 년 전부터 실시된 기본소득제도가 황금시대를 이끌었다. 소득에 관계없이, 직업에 관계없이 일정한 나이가 된 모든 시민들에게 국가가 최소한의 생계비를 지급하기 시작했다. '최소한'은 생명의 '최소한'이 아니다. 처음 도입된 '최소한'의 개념은 '생계 및 인간으로서 누려야 할 문화와 여가생활을 가능하게 하는 것.'이었다. 반대와 우려가 많았지만 기본소득제도로부터 얻은 혜택이 더 많았다. 나에게도 손해가 되는 일은 아니다. 나도 기본소득을 받고 있다. 그 자체로 좋은 일이다.

나는 자수성가한 사채업자는 아니다. 물려받은 업이다. 아버지는 돈이 돈을 낳는다는 세상의 가르침을 일찍 깨우쳤다. 어 하고 생겼다가 훅 하고 사라지는, 동네 건달들의 장난 같은 사채업과는 다르다. 아버지에게서 여러 가지를 물려받았다. 그중 가장 큰 것은 인맥이다. 아버지와 같은 시대를 지내온 사채업자들은 자기 자식만은 다른 일을 시키려고 했다. 말끝마다 '내 아들놈은 말이지.'를 늘어놓으며 유학 간 자식을 자랑하곤 했었다. 유학 간 자식이 돌아오지 않고 그곳에서 아빠의 돈을 기다리기 시작했을 즈음 나는 아버지의 사무실에서 서류와 통장을 정리하고 있었다. 그들은 아버지를 부러워하기 시작했다. 그리고 나의 든든한 후견인이 되었다.

어떻게 오셨어요?

돈 빌리러 왔지요.

금요일 오후였다. 컴퓨터를 끄고 사무실을 정리하던 송 실장은 핸드폰과 벽걸이 시계를 번갈아 보았다. 치마 끝단을 잡아 당겨 폈다.

한숨 비슷한 소리가 들렸다. 약속 시간을 맞추지 못할까 걱정하고 있는 것이 분명했다. 그즈음 송 실장은 부쩍 옷차림과 화장에 신경을 쓰고 있었다. 새로운 연애를 시작하던 중이었다.

정리 다했으면 송 실장은 퇴근해. 내가 상담하지. 이리 와 앉으세요. 막 퇴근하려던 참이라서 조금 어수선합니다. 이해하세요.

검은색 인조가죽 소파로 옮겨 앉으며 녀석에게 말했다.

그래요? 이런 곳은 이십사 시간 동안 계속 열려 있는 것 아닙니까?

이런 곳이라니. 이런 곳이라는 말을 20년 전에 들었다면 버럭 화부터 내고 시작했을 것이다. 그러나 나는 이미 경험 많은 업자다.

이십사 시간이라니요. 은행도 네 시까지만 하는데. 우리도 다섯 시면 칼 퇴근입니다.

아버지가 계실 때만 해도 열 시까지는 문을 열어놓았었다. 내가 완전히 물려받으면서 다섯 시로 바꾸었다. 황금시대엔 삶의 질이 우선이다.

내일 다시 올까요?

아닙니다. 직원은 퇴근해도 저는 조금 더 있다가 갑니다. 오너니까. 그런데 얼마를 빌리시려고요?

얼마까지 빌려주실 수 있는데요?

젊은 총각이었다. 이십대 중반 정도. 청바지에 반팔 티셔츠. 백팩을 등에 멘 채 소파에 앉은 녀석의 얼굴에는 긴장감이 없었다. 송 실장이 퇴근하기 전 테이블 위에 올려놓고 간 커피 잔을 집어 들고 익숙한 듯 잔을 돌려가며 내 눈을 똑바로 보고 말했다. 맡겨놓은 돈을 찾으러 온 사람 같았다.

허허, 고객님. 저기 뒷벽에 걸린 액자가 보이십니까? 잘 보시고 해당이 안 된다 싶으면 그냥 돌아가셔야 합니다.

뒷벽에는 아버지가 걸어놓으신 액자가 있다. 이름난 서예가를 수소문하여 받아온 글이었다.

돈을 빌려주는 원칙

첫째, 직업이 없는 분께는 돈을 빌려주지 않습니다.

둘째, 돈을 빌리시는 분의 임금에는 손을 대지 않습니다.

셋째, 돈의 쓰임새를 확인하고 빌려드립니다.

넷째, 3년 이상 빌려드리지 않습니다.

아무리 임금이 적은 직업이라도, 하찮아 보이는 일일지라도 직업이 있어야 한다. 직업이 있는 사람에게만 돈을 빌려주거라. 지금 세상에서 직업을 가진다는 것은 도덕성과 성실성에 대한 최소한의 지표다. 어차피 굶어 죽는 일은 없지 않느냐. 그럼에도 무엇이 되었건 일을 하겠다는 것은 사람 구실을 하겠다는 의지의 표현이다. 그런 사람이 돈도 잘 갚는다. 첫 번째 구절을 소리 내어 읽게 한 후 아버지가 한 말씀이었다.

두 번째 원칙은 빌리는 사람이 삶을 유지할 수 있도록 하겠다는 뜻이다. 물론 그 뜻 뿐만은 아니다. 임금이 그 사람 손에 들어갔다가 다시 이리로 오는 복잡한 과정이 싫다. 돈이 오지 않으면 전화해야 하고 독촉을 해야 하고. 빌리는 사람도 그런 소리 듣기 싫을 것이고. 돈을 빌려주고 대신 계약기간만큼 기본소득 통장과 체크카드를 갖는다. 정부가 망하거나 돈을 빌린 사람이 죽지 않는 한 싫은 소리 하지 않고 돈을 받을 수 있다. 임금에 손을 대지 않으니 그 사람의 생존이 힘들어질 일도 없다.

세 번째는 까다로운 제한은 아니다. 도박과 범죄 목적만 아니면 된다. 도박하는 사람은 이미 자신의 임금도 자신의 것이 아닐 가능성이 많다. 그런 사람에게 돈을 빌려주는 것은 공으로 주는 것이 될 수도 있다. 범죄가 목적인 경우도 그렇다. 감옥에 들어가는 순간 기본소득 지급이 정지된다. 그가 감옥에 가는 일이 없기를 두 손 모아 기원해야 하는 처지가 되고 싶지 않다. 물론 도박을 하기 위해서, 범죄를 저지르기 위해 돈을 빌리러 왔다고 말하는 이는 없다. 거짓말로 속이려 들면 어쩔 수 없는 일이다. 그래도 원칙은 원칙이다.

그리고 네 번째 원칙은 원금 4,800 이상은 빌려주지 않겠다는 말이다. 돈을 빌린 사람이 3년이면 빚을 다 갚고 다시 3년짜리 빚을 지는 것이 좋다. 가능한 오래도록. 그는 살고 빌리고 우리는 번다.

사채업자의 부탁인 것을 안 서예가는 처음에는 거절을 했다. 아버지의 네 가지 원칙을 듣고 나서야 붓을 들었다.

사채업자가 원칙은 무슨 원칙.

녀석이 또다시 자극했지만 반응하지 않았다. 종종 듣는 말이었다.

나는 돈만 밝히는 사채업자가 아닙니다. 돈 벌기를 좋아하는 사채업자지요. 먼저 직업이 있어야 합니다. 상환은 기본소득 통장으로만 받습니다. 빌린 돈을 어디에 쓸지 말씀해주셔야 하구요. 4,800KD 이상, 3년 이상은 빌려드리지 않습니다. 이자는 금액에 따라서 다른데 대략 50에서 60% 정도는 될 겁니다.

나는 녀석이 다른 곳을 알아볼게요, 하며 일어서기를 기다렸다.

음. 3,000KD 정도 빌렸으면 하고요. 빌린 돈은 친구들과 함께 시작하는 사업에 사용할 것이고요. 이자는 사장님 기준에 따라서 받으시면 되겠네요. 기본소득 통장으로 상환하는 것은 미리 알고 온 것이니까 놀랍지는 않은데요. 그런데 왜 직업은 꼭 있어야 하는 건데요?

녀석은 일어나지 않았다.

우리 사무실의 원칙입니다.

직업을 가지기 위해서 빌리는 건데요? 그 원칙대로라면 저는 어떻게 되는 건가요?

마주 앉아 있는 내 얼굴 앞으로 녀석이 얼굴을 내밀었다. 나는 얼굴을 뒤로 빼며 물었다.

사업을 하려고 한다는 말씀인가요?

말하자면 그런 셈이지요. 친구들과 뭔가를 해보려고 하는데 돈이 필요해서요. 직업을 가지기 위해서 돈을 빌리러 왔는데 직업이 있어야 한다니. 다른 곳도 이런 원칙이라면 저 같은 사람은 돈을 빌릴 곳이 없겠네요. 직업이 없고 담보도 없으니 은행 대출도 안 되고. 카드깡 같은 것을 하려고 해도 마찬가지고.

어떤 사업인지 대강이라도 말해주실 수 있나요?

녀석은 한 음절씩 끊어서 말했다.

그. 건. 안. 되. 지. 요.

사업 아이디어를 뺏길 것이라 생각하는 모양이었다.

생계는 어떻게 하려고요? 기본소득은 채무 상환하는데 다 들어갈 텐데.

아직 부모님과 지내고 있습니다. 자리 잡을 때까지는 쫓아내지 않으시겠지요.

그러면 직업을 자영업이라 적으면 되는 건가요?

이왕이면 사업가라고.

원칙을 어긴 것은 아니었다. 사업자금을 빌리러 온 창업자가 처음이었을 뿐이다. 녀석은 들릴 듯 말 듯 작은 목소리로 말하며 고개를 숙이지도, 처량한 눈빛을 흘리며 찻잔을 든 손을 떨지도 않았다. 녀석은 당당했다.

23살, 돈을 빌리기 위해 작성한 서류에 그가 써 넣은 출생년도는 2046년이었다. B-generation이다. 그 또래는 그렇게 불렸다. 축복 받은(Blessed) 세대(generation)라는 뜻이다. 2039년부터 전면적으로 기본소득제가 시행되었다. 모든 국민은 만 18세가 되는 순간부터 국가로부터 기본소득을 지급받게 되었다. 재산과 소득이 얼마인지 직업이 무엇인지에 관계없이 국가로부터 기본소득을 지급받는 기본소득제도는 상당한 저항이 있었음에도 국민투표에서 80%의 찬성을 얻었다. 도덕적 해이가 생길 것이라고 반대하던 사람들도 정작 투표장에서는 찬성표를 던졌다. 돈을 준다는데 싫어할 사람이 누가 있을까. 결과적으로 현명한 선택이기도 했다. 기본소득은 기본소비를 뜻했다. 단순한 주거와 끼니를 위해 쓰이든 문화와 여가생활을 위해서 쓰이든 소비의 바탕이 되었다. 여유가 있는 사람들은 주저 없이 소비를 위해 사용했고, 가난한 사람들은 비로소 걱정 없이 기본적인 삶을 영위할 수 있게 되었다. 기본적인 삶, 그것은 소비로서 가능한 것이었다. 소득의 증대는 소비의 증대로, 소비의 증대는 기업이익의 증대와 경제성장으로 돌아왔다. 근본적이며 유일한 문제는 재원을 어디서 마련할 것인가? 였다. 돈을 무작정 찍어낼 수는 없는 것이니까. 빅데이터를 자산으로 해서 창출된 이익을 바탕으로 하자, 탄소세를 걷자, 법정 세금만 제대로 걷어도 충분하다 등 여러 의견 등이 쏟아져 나왔지만 결론은 세금을 더 거두는 것이었다.

기본소득 시행 후 4년이 지났을 때, 세금을 더 거두는 것으로는 해결할 수 없다는 판단이 섰을 때, 익숙해진 기본소득 제도를 바꿀 수 없게 된 그때 화폐개혁이 있었다. 원화를 KD로 바꾸는 일이었다. 숨겨져 있던 돈들이 밖으로 나왔다. 부동 자산을 가진 자산가들은 저항하지 않았다. 지하경제를 떠돌던 돈들과 탈세를 위해 숨겨져 있던 돈들이 기본소득의 재원이 되었다. 대부분의 시민들은 기본소득이 주는 이득과 현금성 자산가치의 하락을 비교했고 주저하지 않고 기본소득을 선택했다. 애초에 가진 것이 별로 없었으니까. 시민 전체의 소득이 늘어났고 전반적인 소비수준의 향상이 이어졌다. 일하지 않아도 돈이 생기는 시대라니. 그 축복받은 시대에 녀석은 태어났다.

축복받은 시대에 태어난 녀석의 기본소득 통장에 2개월 연속으로 기본소득이 입금되지 않은 것이다. 어떻게 한다? 첫 한 달이 입금되지 않았을 때는 개의치 않았다. 가끔 두 달분이 한꺼번에 입금되는 경우도 있었으니까. 녀석은 통장을 가지고 있지 않으니 입금되었느지 안 되었는지 모를 것이다. 기본소득부에 전화해서 따질 수 없는 일이다. 녀석에게 전화를 해야 한다. 기본소득부에 확인을 해보라고 해야겠다. 이건 독촉 전화가 아니다.

예감이 좋지 않다. 통장에 돈은 들어오지 않고 전화는 받지 않고. 차라리 꺼져 있는 것이면 기다릴 수 있다. 고객의 요청에 의해서 당분간 수신이 거부되어 있습니다. 녀석과의 전화통화에서 내가 들을 수 있는 유일한 문장이었다. 집 전화번호가 있다. 집 전화번호가 있다는 것은 부모와 함께 살고 있다는 뜻이다. 젊은 사람이 혼자 살면서 집 전화번호까지 가지고 있는 것은 드문 일이다. 계약서 연락처란에 집 전화번호를 같이 써 넣을 때 나는 녀석의 말을 믿을 수 있었다.

— 여보세요?

나이 든 남자의 목소리다.

— 형진이 집이지요?

— 형진이 집은 아니고, 이 집은 내 집이지. 형진이는 내 아들이고.

— 아. 네. 죄송합니다. 형진이 친구입니다. 형진이 있나요? 전화를 안 받아서요.

— 형진이 친구 누구? 내가 웬만한 친구는 거의 다 아는데, 처음 듣는 목소린데?

전화를 끊어야 하나.

— 네. 고등학교 친구입니다. 오랜만에 전화를 했는데, 전화를 안 받더라고요.

— 이보시오. 오랜만에 전화하는 사이인데 집 전화번호까지 알고 있다는 말이요? 경찰은 아닌 것 같고. 어디시오? 신문사요? 방송국이요? 형진이 녀석이 집에 없는 것을 알면서 뭘 캐내려고 전화한 거요? 뭐요? 우리 애가 친 사고에 대해서 나는 아는 것이 없다니까.

신문사? 방송국? 녀석이 무슨 큰 사고를 쳤나? 뭐라고 한다? 지금 통화를 중단할 수는 없다. 무슨 일인지 알아야겠다. 잠깐 뜸을 들이다 말을 했다.

— 네. 거짓말을 해서 죄송합니다. 사실대로 말씀드리면 아버님께서 전화를 끊어버리실까 걱정했습니다. 아버님 맞으시지요?

— 말해보시오.

— 저희는 인터넷 언론 '상상'이라고 합니다. 이번 아드님 사건에 대해서 아버님의 심경은 어떤지, 평소에 아드님이 어떤 사람이었는지 여쭙고 싶어서 전화했습니다.

인터넷 언론? '상상'이라고? 처음이었다. 친구나 회사 동기 정도의 거짓말은 익히 해온 것이지만 언론을 사칭한 적은 없었다.

— 무슨 좋은 일이라고 심경을 물어본단 말이요. 하긴 이리 물어봐주는 것만 해도 고맙긴 하구만. 아비로서 해줄 수 있는 일이 없다는

것이 마음이 아파. 무슨 죽을 죄를 지은 것도 아닌데. 사람을 다치게 한 것도, 물건을 훔친 것도 아닌데 구치소에 들어가 있으니 억울하기도 하고. 좋은 일을 하려다 들어간 것이니 큰 벌을 받지는 않겠지만. 기자 양반이 생각은 어떻소? 어떻게 될 것 같소?

구치소라. 그렇게 된 것이군. 구치소나 감옥에 들어가는 순간 기본소득 지급은 중지 된다. 국가가 먹여주고 재워주는 공간에 있는 동안에는 기본소득이 나오지 않는다. 죄를 지어 감옥에 가 있는 사람 통장에 차곡차곡 돈을 쌓아줄 이유가 없다. 녀석의 통장에 돈이 들어오지 않은 이유다.

— 제가 어떻게 알겠습니까. 너무 걱정하지는 마십시오. 젊은 치기에 그런 것이니 좋은 결과가 있을 것입니다.

— 그렇게 이야기 해주니 고맙기는 한데, 우리 아들이 틀린 말을 한 것은 아니지 않소. 기본소득을 인상하라는 것이 잘못된 거요? 제도가 시행된 지가 언젠데 그대로지 않소. 여가 생활까지 가능하게 해준다 해놓고서는. 물가는 점점 오르는데. 물론 방법이 조금 심하기는 했지. 그래도 기본소득부 장관 집무실 점거라도 했으니 이렇게 기자 양반의 관심이라도 끌 수 있는 것 아니오. 그러지 않으면 아무도 이야기를 들어주지 않을 테니 말이요. 하긴 지금도 들어주는 사람은 별로 없지만. 장관 집무실 점거까지 했는데 뉴스에는 한 줄도 나오지

않으니 이게 정상이오? 하여튼 형진이만 고생이야. 기자 양반이 글 좀 잘 써서 사람들에게 알려주시오. 인터넷으로 여론을 일으키면 도움이 될 수도 있다는데 내가 그런 것을 할 줄 알아야지. 형진이 친구들이 이곳저곳에 알리고는 있다는데 내가 보기에는 영 맘에 안 들어. 하는 것이.

— 아버님. 저희가 아드님을 면회하러 가도 되겠습니까? 아드님께 직접 이야기를 듣고 싶은데요.

— 그러시오. 어디에 있는지는 아시지요?

— 그게, 저희가 신생 언론이라서 정보력이 조금 모자랍니다.

그것도 모르면서 무슨 취재고 언론이냐고 한바탕 욕을 얻어먹은 뒤에야 겨우 녀석이 있는 곳을 알 수 있었다. 어쨌거나 입금되지 않은 이유를 알았다. 출소하면 그때부터 다시 받을 수 있다. 인터넷 언론이라니, 괜한 거짓말을 해가지고. 아니, 괜한 거짓말은 아니지. 알고 싶은 것을 알아냈으니. 기자가 되고 싶어 한 적도 있었다. 예전에. 대학 다닐 때.

대학시절 잠시 기자가 되고 싶었다. 신문기자든 인터넷 매체의 기자든 자신의 생각과 의견을 쓰고 사람들을 설득하는 것이 멋있어 보였다. 하지만 기자가 되지 못했다. 멋있어 보이는 것으로는 부족했다. 반드시 기자가 되어야 하는 이유가 없었다. 억울한 사연이 있는 가족이나 친구가 있었다거나 혹은 '이런 일은 세상에 꼭 알려야겠다. 세상의 어두운 곳을 들춰내 밝아지도록 해야겠다. 사실을 확인하고 사건의 근원을 찾아 사실 너머의 진실을 찾아내야겠다.' 따위의 무언가가 있어야 했다. 지니고 있는 내용도 없었다. 한 가지 주제를 두고 10분 이상 말을 이어가지 못했으니 텅 빈 머리와 텅 빈 마음이었다. 내공도 없고 외공도 약한, 거기다 절실하지도 않았으니. 아버지가 하던 사채업을 물려받는 것으로 족했다. 걱정 없이 써도 될 만큼 돈을 내려주셨으니 감사할 따름이다.

아버지. 큰손은 아니었다. 하지만 앞날을 내다보는 눈이 밝으셨다. 기본소득제가 시작되던 해 아버지는 가지고 있던 현금을 모두 금으로 바꾸셨다. 이 제도는 말이야. 뜻은 좋은데, 이대로는 안 돼. 돈이 어디서 나와? 세금을 계속 올릴 수 있겠어? 결국 가진 놈들에게서 나와야 하는데, 그냥은 안 내어놓을 테고. 두고 봐라 곧 큰일이 있을 게다. 그럴 때는 돈보다는 금이지. 시세에 관계없이 모두 금으로 바꾸어 금고에 쌓아두었다. 정확히 4년이 지나고 화폐개혁이 있었다. 아버지와 우리는 살아남았다. 아버지가 돌아가신 후 내가 이어 받았다. 내 색깔을 조금 입히기는 했다. 약간 더 인간적으로 바꾼 것. 이율도 조금 낮추고, 살아갈 수 있게 해주는 것. 나의 행동과 결정이 모두 선의에서 나온 것은 아니다. 내게서 돈을 빌리고 내게 돈을 갚으면서 평생을 살아야 한다. 최소한 내 고객은 그래야한다.

— 송 실장, 가 볼 곳이 있어서 먼저 나가니까 시간 되면 알아서 퇴근해.

— 네. 다녀오세요.

송 실장은 핸드폰을 쳐다보며 대답을 했다.

— 궁금한 게 있는데.

송 실장이 고개를 들었다.

— 네, 말씀하세요.

— 요즘 만나는 사람은 뭐 하는 사람이야? 잘 생겼어?

송 실장은 핸드폰을 내려놓으며 씨익 웃었다.

— 아직 잘 모르겠어요. 계속 만나야 할지. 얼굴은 정말 잘생겼어요. 헤헤.

송 실장보다 두 살 어린 피아니스트라고 했다.

— 어릴 적부터 정식으로 음악 교육을 받은 것은 아닌데요. 스무 살이 되던 생일날 갑자기 피아노가 치고 싶어졌데요. 그렇게 시작해서 올해가 십일 년 되었어요. 잘 쳐요. 몇몇 경연에서 상도 탔어요. 안정적인 수입은 없지만 여기저기 오디션을 보러 열심히 돌아다니고 있으니 곧 길이 열리겠죠. 조건에 관계없이 자기가 하고 싶은 일을

열심히 하는 모습에 제가 조금 반했죠. 제가 못하는 것을 하는 것 같아서 부럽기도 하고요. 어쨌든 같이 있으면 기분이 좋아지는 사람이에요.

— 그러면 뭐로 먹고 살아? 집이 부잔가?

— 아유, 사장님도. 요즘 먹을 게 없어서 못사는 사람이 어디 있어요? 살고 싶은 데로 못 사는 것이 문제지. 물가도 오르고 해서 예전보다는 여유롭지는 않죠. 하지만 어쩌겠어요. 주는 대로 살아야죠. 아껴가며. 데이트 비용은 제가 내는 편이죠.

— 그래. 송 실장이 알아서 잘 판단하겠지. 언제 시간 내서 같이 얼굴이나 한번 보자고.

— 네에. 사장님이 쏘셔야 해요. 그런데 어디 가세요?

— 거. 왜 있잖아. 두 달 동안 입금되지 않은 녀석. 구치소에 있다네. 그냥 한번 가보고 싶어서. 이야기 할 것도 있고.

형진을 만나보고 싶었다. 형진의 아버지에게 했던 거짓말 때문은 아니었다. 일시적으로 상환이 중지되었다는 이야기와 구치소든 감옥이든 나오게 되면 그때부터 다시 상환이 시작될 것이라는 이야기를 전해야 했고 일부러 연체하는 것은 아니니 연체 이자를 물리지는 않겠다는 나의 선의를 전해주고 싶었다. 녀석이 고맙다고 할 리는 없겠지만 확실히 해두어야 할 문제들이었다. 또 있다. 녀석의 생각이 궁금했다.

— 내가 누군지 알겠어요?

— 두 달, 돈이 안 들어왔다고 구치소까지 찾아온 겁니까? 지독하시네. 여기 오면 누가 돈을 준답니까?

여전했다. 미안합니다, 같은 말을 기대했던 것은 아니지만 적어도 고개는 숙일 것이라 생각했는데. 녀석은 빳빳하게 다린 수의를 입고 옷깃을 세운 채 나를 보고 있었다.

— 돈 달라고 온 것은 아니고. 상환을 일시 중단하고 구치소에서 나오면 다시 상환을 받을 것이라는 것과 그동안 연체 이자는 받지 않겠다는 이야기를 해주려고 왔어요.

— 내가 고마워해야 하는 겁니까?

— 고마워해달라는 이야기는 아니고. 그런데 친구들과 하려는 사업이 이거였던 건가?

— 왜요? 생각하셨던 사업이 아니라서 문제가 됩니까?

— 문제라기보다는 후회하는 거지. 확실하게 해두지 않은 것, 캐묻지 않은 것. 다음부터는 이런 일 없도록 조심해야겠다고 다짐하는 중이야.

녀석에게 말을 놓았다. 녀석에게 나의 말투는 중요하지 않겠지. 싸울 상대만 있으면 충분할지도 모른다.

— 여기 있는 것은 어떻게 알았어요?

— 아버지께서 말씀을 해주셨지.

— 아니, 내가 돈 빌린 것까지 이야기한 거예요? 너무하시네. 그동안 안 갚았던 것도 아니고 일부러 그런 것도 아닌데, 정말 너무하네.

— 사채업자라고 안했어. 기자라고 했지.

— 기자요?

— 왜? 아버지가 사채 빌린 것 알게 될까봐? 그 정도도 감당하지 못할 거면서 일을 벌였어?

— 더 하실 말씀 없으면 나는 갑니다.

녀석이 자리에서 일어섰다.

— 아직 시간이 좀 남았잖아. 아까우니까 조금 더 있다가 가. 성질 좀 죽이고. 인터넷에서 네 기사를 찾아봤어.

전국소비노동조합이라는 단체였다. 녀석은 그 단체의 회장을 맡고 있었다. 우리는 돈 쓰는 기계가 아니다. 기본소득 인상하라. 기본소득 현실화하라. 그 단체의 주장이었다. 기본소득을 인상하라고 하는 것은 무슨 말인지 대략 감이 왔다. 하지만 왜 소비자들이 주장하는지, 게다가 이름이 소비자 연맹 혹은 소비자 모임이 아니라 소비노동조합인지는 이해가 되지 않았다. 녀석이 아무 이름이나 가져다 붙인 것이라면 조금 불쌍하기도 했고 유치해 보이기도 했다.

녀석과 녀석의 단체는 지난봄부터 기본소득부와 청와대 앞을 번갈아가며 일인 시위를 벌였다. 언론으로부터는 별다른 관심을 받지 못했다. 기본소득부 청사와 청와대 앞에 줄지어 서 있는 일인 시위 행렬을 상상한다면 이해가능한 일이다. 먹고 살기 바빴던 예전에는 웬만하면 그냥 넘어갈 일들이 이제는 주장의 대상이 되었고 따져야 할 문제가 되었다. 그 거리를 지나는 누구도 피켓들에 관심을 두지 않는다. 그런 피켓 사이에 녀석들의 피켓이 섞였을 것이다.

이 이상한 단체를 만들려고 내 돈을 빌렸단 말이지. 그 돈으로 일을 벌여 기본소득부 장관 집무실을 점거했고 농성을 하다가 잡혀갔다 이 말이지. 이십 세기 후반에나 볼 수 있었던 일이 벌어졌으니 제법 주목을 받을 만도 했는데 녀석의 아버지 말처럼 기사를 찾는 것이 쉽지 않았다. 아무도 신경 쓰지 않는 듯했다. 어쨌든 어리석은 짓이다. 돈 아까운 일이고.

— 어차피 벌어진 일은 벌어진 것이고. 이름이 그게 뭐냐? 소비노동조합이. 소비자는 뭐고 노동조합은 또 거기에 어울리기는 하고? 차라리 시민이나 국민, 연맹이나 회의, 연대 뭐 이런 말을 써야 하는 것 아니야?

— 소비자 맞고요. 노동조합 맞거든요. 제 직업은 소비자거든요.

기본소득으로 사람들이 무엇을 하느냐? 녀석이 물었다. 먹고 입고 자고, 사채도 빌리고 그러는 것 아니냐 대답을 했다. 먹고, 입고, 자는 비용은 다시 누구에게로 가느냐 녀석이 물었다. 당연히 먹을 것을 만드는 사람이나, 입을 것을 만드는 사람들, 잘 곳을 만드는 사람들에게 가는 것 아니냐 대답했다.

— 글쎄 그 사람들이 누구냐니까요?

녀석은 그 돈이 다시 돌고 돌아가는 곳이 결국은 가진 자들이거나 재벌들이고, 그들이 세금이라는 명분으로 내어놓은 돈으로 다시 기본소득을 받는 것이라고 목소리를 높였다. 뒤에 앉아 있던 간수가 고개를 들어 힐끗 이쪽을 보았다. 나는 가진 자니 재벌 같은 단어를 듣는 것이 어색했다. 머뭇거렸다. 그사이 녀석은 2069년에는 돈을 쓰는 것이 곧 노동이라고, 돈을 쓰는 노동의 대가로 받는 것이 기본소득이니 기본소득은 월급과 마찬가지라고 말했다.

— 정리하자면 소비라는 노동을 기본 소득이라는 급여를 받으면서 하고 있는 거죠. 우리 모두가.

— 나는 정리가 안 되는데? 세금을 기업이나 부자만 내는 것은 아니잖아. 자영업자나 회사원들, 심지어 내가 담배를 사면서도 세금을 내고 있는데? 그리고 먹는 것, 입는 것, 자는 것 모두 가장 중요한 혜택은 소비자가 가져가잖아. 먹고 싶은 것 먹고, 입고 싶은 것 입고, 자고 싶은데서 자고 모두 소비자가 누리는 거잖아.

―누리는 것이 아니라 소비를 한 거지요. 세금까지 내가면서 말이에요. 내 왼쪽 호주머니에서 돈을 꺼내 오른쪽 속에 쥐어주는 거예요. 마치 자기들이 주는 것처럼. 문제를 바로 보기 위해서는 몇몇 잔가지들을 잘라내야 해요. 소비와 생산을 통해 유지되는 세상이잖아요. 소비가 있어야 생산이 있지요. 소비가 있어야 이익이 생기고. 그래야 그들이 돈을 벌지요. 세상 전체가 그들의 사업장인 거지요. 우리는 그 사업장에서 '소비'라는 일을 하고 있는 노동자고요. 결정적으로 세상이 이대로 안정적으로 굴러가는 것 자체가 그들에게는 이익이지요. 대를 이어 피라미드의 꼭대기에 앉아 있으려면 피라미드가 튼튼해야 되지 않겠어요? 피라미드가 튼튼하려면 뭐가 필요하겠어요? 우리죠. 우리의 존재, 우리의 소비가 피라미드를 튼튼하게 만드는 거지요. 그래서 우리는 뭐다? 옛날로 치면 노예, 지금 개념으로는 노동자. 소비라는 노동을 하고 기본소득이라는 임금을 받는. 사장님은 '우리' 안에 들어가지는 않지만요. 뭐 담배를 사거나 술을 마실 때는 노동자이기는 하겠네요. 그런데 내가 왜 지금 이런 이야기를 듣고, 대답을 해야 합니까? 피라미드 옆 계단 틈새에 빨대 꽂아서 사는 사장님한테.

―내가 뭐? 너 지금 나 비꼬는 거지?

―비꼬는 게 아니고요. 사장님은 그 알량한 세금도 내지 않고 있

을 것 아니에요. 그 나이에 갑자기 돈이 생겼을 리는 만무하고, 물려받았거나 했겠지요. 소비 노동은 하겠지요. 기본소득도 받고. 하지만 그보다 더 많은 돈을 일하지 않고 벌고 있잖아요. 그것도 남의 월급인 기본소득을 가로채가면서. 그래놓고는 양심적인 것처럼 원칙 따위를 이야기했잖아요. 성질대로라면 한마디 하고 싶었지만 돈을 빌려야 하는 입장이라 가만히 있었거든요.

— 정말 악랄한 사채업자들이 얼마나 많은 줄 알아? 나는 양심적인 거거든. 그리고 왜 내가 일하지 않고 돈을 번다는 거야? 이렇게 너를 만나러 오는 것도 내게는 일이거든.

— 지금 말이 안 되는 말 하고 있는 것, 내가 말 안 해도 알지요?

살짝 얼굴이 화끈거렸지만 더 이상 말을 섞고 싶지 않았다.

— 하여튼, 나는 말했다. 기억해둬. 나오면 다시 시작한다고. 그리고 그동안 연체 이자는 안 받겠다고. 수고하고.

— 그렇다고 피라미드가 어떻게 만들어진 것인지, 누가 피라미드를 쌓았는지, 채찍을 휘두른 이들은 누구였는지 따지자는 건 아니에요. 그건 이런 식으로 던질 문제가 아니지요. 나중에, 누군가 나중에, 어쩌면 우리가 제대로 물어야겠지요. 지금은 그저 월급 조금 더 달라는 거예요. 그뿐이에요. 인심 쓰는 것처럼 젠체하지 마라 이야기하는 거지요. 고용주와 피고용인으로 서로 이야기하자 이거지요. 우리가

고마워해야 할 일이 아니라고, 착각하지 말라고 사람들에게 말하고 싶을 뿐이에요.

괜한 이야기를 들었나. 쓸데없는 이야기에 피곤해졌다. 마무리를 해야겠다는 생각이 들었지만 녀석의 말에 고개를 끄덕이며 돌아설 수는 없었다.

— 그래도 기본소득 덕분에 사람들 살기가 많이 좋아졌잖아. 그건 인정해야지.

— 누가 뭐래요? 우린 그저 월급 올려 달라는 거라니까요. 단체 교섭권 몰라요? 단체 교섭! 노동 3권 중 하나!

그래 그럴 수 있겠군. 싶었다. 녀석의 말대로 되어도 나쁘지는 않다. 기본소득이 오르면 나는 더 많은 돈을 빌려줄 수 있을 테니까. 나도 기본소득을 더 받을 수 있고.

— 여보세요?

— 예, 아버님. 오전에 전화를 드렸던 기자입니다.

— 그래, 형진이는 만나봤어?

— 네. 훌륭한 아드님을 두셨더라고요. 저희 신문에서 중점적으로 다루어 보아야겠습니다. 잘 될지는 모르겠지만.

— 아이고, 감사합니다. 그래. 신문사 사이트 이름이 뭐라고 했지

요?

　―아버님, 기사가 나오면 다시 연락드리겠습니다. 감사합니다. 제가 지금 운전 중이거든요.

　거짓말을 한 것이냐고? 잘 모르겠다. 거짓말일지도.

와룡빌딩

꼭 딴지를 거는 놈이 있다. 임대업? 다른 사람의 노동으로 먹고 살려고? 주식? 원래는 투자잖아? 투기가 아니라. 이런 식이다. 그때마다 k는 대답한다. 그래서 뭐? 시발. 다 그렇게 사는데. 입 밖으로 내놓지는 않는다. 그저 응응거리며 식탁 위 지방세 고지서 뒤편에 갈기듯 쓴다. 그래도 시발은 시발이다. 안부 전화랍시고 전화를 해서는 대뜸 요즘 뭐 하냐? 투자는 어디에 하냐? 물어보는 놈들은 딱 두 종류다. 하나는 저렇게 딴지를 거는 놈이고 두 번째는 임대업을 시작했거나 주식으로 계좌잔고가 조금 불어난 놈이다. 저녁 열 시쯤, 스포츠뉴스 (부산 자이언츠가 개성 천리마들에게 역전패했다는 기사가 마지막 기사였다.)가 끝날 무렵 그런 시답잖은 전화를 받았다. 첫 번째 놈의 전화였다. 응응거리다 전화를 끊었다. 리모컨으로 이리저리 티브이 채널을 돌리다 잠이 들었다. 새벽 세 시, 티브이 소리에 잠에서 깬 k는 핸드폰을 켰다. 습관적으로 페이스북을 살폈고 그동안 날이 샜다. k는 인공 눈물로 묵직한 눈뿌리를 달래며 출근했다.

엊저녁 장사도 시원치 않았던 모양이다. 가게 앞 모퉁이에 내어놓은 종이 박스에는 맥주 빈 병 여남은 개만 보인다. 텅텅 빈 양주 몇 병이 담겨 있어야 하고 맥주병은 따로 삼십여 병 정도는 엉겨 있어야 한다. 예전엔 그랬다. 주말은 당연, 평일에도 양주 몇 병은 예사였다. 그때는 월세가 꼬박꼬박 들어왔다. 월세가 제대로 들어오지 않은 것은 작년 여름 무렵부터였다. 두 달 치, 석 달 치씩 밀렸다가 한꺼번에 입금되는 일이 몇 번 있더니 이번에는 육 개월 치가 밀려 있다.

바쁘시지요. 바쁘시겠지만 팔, 구, 십, 십일, 십이월 임대료 확인 부탁드립니다.

네. 신경 쓰고 있습니다. 요즘 경기가 너무 안 좋습니다. 죄송합니다.

저도 이런 것으로 자꾸 문자 보내려니 마음이 좀 그렇습니다.

네. 어떻게든 해결해보겠습니다. 죄송합니다.

한 달 전 문자로 대화를 나눈 이후 연락이 없다. k는 인색한 건물주가 되고 싶지는 않다. 문자를 더 보내지 않은 것도, 직접 전화를 걸지 않은 것도 그런 까닭이다. 그렇다고 무작정 기다릴 수 없는 일이다. 보증금에서 빼면 된다고 하지만 매일 계좌를 열어 보며 숫자를 세고 싶지는 않다.

건물주가 되어 보겠다고 은행에서 빌린 돈은 꼬박꼬박 이자를 만들었다. 월세가 들어오지 않아도 세금은 내야 한다. 심지어 세금은 늘어났다. 정부가 해야 할 일이 많아졌기 때문이다. 남한에서 시행되는 것과 똑같은 제도가 북에서도 시행되어야 했다. 도로와 항만, 택지 등 북을 개발하기 위해 정부가 투자하고 건설해야 할 기본 시설도 많았다.

— 오늘 저녁에 잠시 뵐 수 있을까요?

— 아, 사장님. 손님이 너무 없어서 장사가 잘 안 되네요. 죄송합니다.

— 네. 그건 알겠는데요. 어쨌든 오늘은 얼굴을 보면서 이야기를 해야 할 것 같습니다. 저녁 여덟 시에 가게로 가겠습니다. 특별한 일 없으면 그때 뵙지요.

— 후우. 네, 알겠습니다.

출근 후 급한 일을 처리하고 바의 사장에게 전화를 걸었다. 임대료가 밀렸으니 계약을 해지하겠다, 바의 사장 얼굴을 보며 말할 것이다. 다음 달까지 비워 달라, 말을 덧붙이겠지만 정말 계약을 해지할 생각은 아니다. 좀 센 압박을 주고 싶을 뿐. 일부라도 변제할 테니 사정을 봐 달라. 이렇게 말하면 못 이기는 척 들어줄 것이다. 거기까지다. 새로운 임차인이 나설 가능성은 없다. 요즘 이 골목이 그렇다. 있던 곳도 공실이고, 새로 지은 곳도 공실이다.

직업 하나로는 부족하다 생각했다. 월급만으로는 물려받은 출발선에서 한 발자국도 앞으로 나아갈 수 없다. 부동산 불패. 앞선 자들의 조언에 충실하기로 했다. 주식이나 금, 가상화폐까지 후보들은 많았다. 용기가 없었다. 실물이 없는 것을 상대하기에 k는 소심했다. 부동산 투자는 실패하더라도 받아들일 수 있다. 땅은 남는다. 십 년 전 부동산 임대 및 관리를 업태로 하는 일인 법인을 설립했다. 은행 대출을 끼고, 이면 도로의 사 층 신축 건물을 매입하기 위해서였다. 꿈은 거창했다. 매입하고 삼 년이면 이면 도로 양측에는 건물을 지을 만한 땅이 없을 것이고, 이미 지어진 건물들의 상가가 다 채워지면 임대료가 올라갈 것이고, 건물의 가치도 올라가겠지. 그동안 임대료가 나올 테니 그것으로 은행이자를 내면 되겠고. 삼 년 뒤 상가를 재계약하면서 임대료를 올리고, 올린 임대료를 근거로 건물을 다시 팔던지, 아니면 그대로 가지고 있어도 되고.

계획은 계획일 뿐. 세상은 k를 중심으로 돌아가지 않았다. k는 자신이 중심에서 그렇게 멀리 떨어져 있는 줄 미처 몰랐다. 사 층 건물을 임차인으로 다 채우는 데 꼬박 삼 년이 걸렸다. 주변의 다른 건물에 비해서는 그나마 나은 편이었다. 근방에서 공실 없는 건물은 k의 빌딩뿐이었다. 이후로 사오 년은 그런대로 안정적이었다. 복도의 타일이 떨어져서 타일 공사를 다시 한다든지, 사 층에서 물이 새 삼 층 화장실로 쏟아지는 바람에 방수공사를 하는 일이 있기는 했지만 임대업자가 겪고 감당해야 할 일이었다. 건물을 팔아서 수익을 남기고 그것으로 다시 더 큰 건물을 사고, 그렇게 반복하면서 회사가 커지는 일은 일어나지 않았다. 분기별로 부가세 신고를 하고, 이것저것 세금을 내면서 내가 왜 이러고 있는지 하는 생각이 들 때가 더 많았다. 조금이라도 건물 가격이 오르기만 하면 언제든 팔아버려야겠어. k는 생각했다.

삼 년 전 통일이 되어 버렸다. 벼락같은 통일이었다. 한 쪽의 정권이 무너져 혼란이 생기고 국경을 개방하고 난민이 밀려들어와 만들어진 통일이 아니었다. 어느 날 새벽 휴전선을 밀고 내려와 만들어진 통일은 더욱 아니었다. 이면의 합의 내용은 알 수 없지만, 삼 년 전 광복 백 주년이 되던 해, 팔월 십오일 그들이 통일을 선언해버렸다. 북은 자신들이 가지고 있던 핵무기의 절반을 남측에 제공하고 남은 남한 수준의 경제 발전이 북한에서도 이루어질 수 있도록 개발 및 투자를 하며 남북 양측은 남북 연합국으로 외교 및 군사적 문제에서는 각각의 주권 국가로 남아 있지만 그 외의 내용에서는 단일한 공동체를 이루기로 한다. 향후 신뢰 구축의 과정과 동질성 회복의 경과를 보아가며 공동체의 영역이 확장될 수 있도록 노력한다. 그들이 발표한 선언의 내용이었다. 핵무기 문제를 이유로 고립정책을 펴오던 미국은 당황했지만, 남과 북을 상대로 전쟁을 할 수는 없었다. 일본은 통일된 한국 앞에 고개를 숙일 수밖에 없었고 군사적인 측면에서 북이 자신들의 동맹국으로 유지되는 한 중국과 러시아는 반대할 필요가 없었다. 국민투표는 형식과 절차의 문제였다. 온 국민이 환호했다. 거리로 몰려나갔다. k도 거리에 있었다. 내 생애에 통일된 한반도를 보다니. 모두들 꿈만 같다고 생각했다. 백 년, 반목과 굴욕의 역사를 지우고 영광된 조국을 후손들에게 물려줄 것을 생각하니 가슴이 벅찼다. 그해 팔월부터 십이월까지 전국은 축제의 공간이었다. 국방비에 들어가는 비용을 줄여 복지에 사용할 수 있을 것이라 했다. 북한의 천연자원을 이용한 재화 생산의 증가와 비용의 감소는 기입의 발전을 이루고 북한을 개발하기 위해 필요한 인력과 설비의 수요 증가는 일자리와 임금의 증가로 이어질 것이라 했다.

축제의 밤이 지나면 아침이 온다. 잠에서 깬 사람들은 쓰레기와 토사물로 가득한 거리를 본다. 자신들이 다시 일상으로 돌아가야 한다는 것을 깨닫는다. 돌아온 일상은 축제가 열리기 전과 다른 모습이다. 당연히 달라야 하는 것이지만 생각했던 변화는 아니다. 아침이 와도 여전히 축제를 즐기는 사람들도 있다. 그들은 소수이거나 혹은 돌아갈 일상이 없거나, 축제가 더욱 오래갈, 심지어 이제 시작인 사람들이다.

　—안녕하세요. 사장님. 저 이 층 연구소 소장입니다. 혹시 통화 가능하신지?

　—네. 안녕하십니까. 김 교수님. 말씀하십시오.

　—드릴 말씀이 있어서 그러는데 혹시 오늘 저녁에 시간이 있으신지요?

　—오늘 저녁요? 음. 제가 저녁에 일 층 바에서 바 사장이랑 만나기로 했습니다. 거기로 오시겠습니까?

　—그러지요. 몇 시쯤 가면 되겠습니까?

　—여덟 시에 만나기로 했습니다.

　—넵. 그즈음으로 해서 가겠습니다. 그때 뵙겠습니다.

이 층에 들어와 있는 영어교육 연구소의 소장이다. 이름이 연구소이지 실제는 영어 보습학원이다. 근처의 사 년제 대학 영어영문학과 교수가 개인 사무실 겸 부수적인 수입원으로 설립한 곳이었다. 대학원생들이 상주해 있는 것 같았다. 영어로 쓰인 각종 문서의 번역에서 부터 일반인을 대상으로 한 영어 작문 교육까지 진행하고 있었다. k 에게 무엇을 하는지 설명해준 것은 아니다. 간판에 쓰인 내용이 그랬 다. 전세로 입주해 있어서 특별한 일이 없다면 k와 만날 이유가 없다. 왠지 불길했다. 대학생 수가 줄어든다는 소문을 들은 지 오래되었다. 최근에는 불이 꺼져 있는 일도 많았다. 출장을 자주 간다고 했다.

— k. 시간 좀 있어?

김 부장이다. k보다 삼 년 입사 선배다.

— 네. 선배님. 말씀하십시오.

부장님이라 불러야겠지만, 같이 해온 시간이 십 년이 되다 보니 이 제는 선배님이나 형님이 더 편한 호칭이 되었다. 둘 다 본사로 진출 하고 싶은 욕심이 없었다. 지방에 있기를 원했다. 다른 직원들은 다 바뀌어도 k와 김 부장은 그대로였다.

— 전에 네가 한 번 이야기한 게 생각나서 말이야. 왜, 요기 뒷골목 에 있는 빌딩 말이야. 이름이 와룡빌딩이라 했던가?

건물 이름이 와룡빌딩이다. k가 직접 골랐다. 와룡. 무협지에 나올 법한 이름이다. 누워 있는 용이다. 언젠가는 일어나 승천할 것이다. k 는 그 건물을 타고 오르고 싶었다.

— 겨우 사 층짜리인데 빌딩이라 부르기엔 좀 뭣하지요. 이름이 와

룡빌딩인 것은 맞습니다. 그런데 왜 그러시는지?

— 다른 게 아니고. 전에 이야기할 때, 팔아버리고 싶다고 한 것 같은데. 맞지?

— 가격만 적당하다면 언제든지 지요. 사실 분이 있으신가요?

다른 사람이라면 감사의 뜻만 전하고 다른 이야기로 화제를 돌렸겠지만, 김 부장은 그렇게 대할 수 없다. k의 일을 장난처럼 생각할 사람이 아니다.

— 친구인데. 서울 놈이야. 개성에 투자해서 조금 벌었나 봐. 개성 생활을 정리하고 지방으로 오려는데. 월세가 나오는 건물을 찾네. 와룡건물이 생각나더라고. 월세가 제법 나오지?

부자들은 평양과 개성의 땅을 통해 다시 한번 부를 키우고 싶어 했다. 그들에게는 서울과 수도권의 집과 땅을 통해 부를 축적한 짜릿한 경험이 있었다. 부자가 아닌 사람들도 주저 없이 뛰어들었다. 이번에는 기회를 놓치지 않겠다며. 하지만 승리는 부자의 몫이었다. 가진 것 모두를 투자한, 부자가 아닌 사람들은 여유가 없었다. 값이 조금 오르자 기다리지 못하고 팔아대기 일쑤였다. 그들이 그 돈으로 서울과 수도권에서 할 수 있는 것은 없었다. 서울의 땅값은 더 올라 있었다. 통일 한국의 수도가 아닌가.

— 개성에서 많이 번 것은 아닌가 보네요. 이리 내려오려 하는 것

을 보니.

─ 그러게. 많이 말렸지. 개성에 가지 말라고. 그런데 그게, 이미 마음이 쏠리고 나니 주위의 충고가 소용없더라고. 결국 돌아오네. 돌아올 줄 알았다고 비아냥거릴 수는 없잖아. 그래도 친군데. 지방에서 조용히 살고 싶다네. 녀석의 말을 믿는 척 해줘야지. 가격만 적당하면 팔 거지?

부동산 중개업자의 소개라면 적당히 과장해서 팔 수도 있다. 하지만 김 부장의 소개라면 다르다. 선뜻 말이 나오지 않았다. k가 대답 없이 뜸을 들이자 김 부장이 먼저 말을 했다.

─ 좀 그렇지? 내가 중간에 끼면 제값 받기도 뭐하고. 이해해. 괜히 내가 곤란해질 수도 있고. 녀석한테 직접 내려와서 이곳저곳 살펴보라고 해야겠어.

─ 꼭 그런 것 때문만은 아니고요. 건물을 사고파는 게 문제가 아니라 사든 팔든 이익이 나는 게 중요한데, 그렇지 못하니까요. 있던 사람도 북으로 북으로 가는 판국인데. 지방 인구는 계속 줄어들고.

─ 그러게. 통일이 무슨 신대륙 발견인 줄 알았나 봐. 극동의 강대국이 될 거라고. 중국이나 일본이 통일 한국을 가장 두려워할 거라고. 그 말을 듣고 뿌듯하면 저절로 살기 좋아지는 건가. 자랑스러운 통일 한국의 후손들은 저절로 살기 좋아지는 거라고? 지금 우리가

어떻게 사는지가 더 중요한데 말이야. 살기 좋아진 사람들은 따로 있지.

김 부장은 통일에 대해 부정적이었다. 국민투표에서 반대표를 던졌던 십오 퍼센트 남짓한 사람들 중 하나였다. 가장 큰 이유는 더 좋아질 것이 없거나 더 나빠질 수밖에 없다는 것이었다.

— 내가 오십 년 전이면 통일에 반대할 이유가 없어. 하지만 지금은 달라. 당장 봐봐. 통일 되면 누가 제일 이득이겠어. 이산가족? 그나마 얼마 남아 있지도 않지만, 그냥 자유 왕래만 해도 충분하지. 싼 노동력에, 싼 원자재와 넓어진 시장이 누구에게 이득을 줄 것 같아? 당연히 기업들이지. 일할 사람이 많아지니 임금을 낮추지는 못해도 올리지는 않을 것이고. 물가가 좀 싸지려나? 당분간은 세금을 많이 내야 할 것이니 물가가 싸져도 이리저리하면 남는 것은 비슷하지 싶지 않아? 내 생각에 남한 사람들한테 남는 것은 '와, 금강산이다, 개마고원이다, 압록강이다.' 하면서 구경 다니는 것하고 북한 사람에 대한 값잖은 우월감 정도일 것 같아. 싫어하지 않으면 다행이고. 북한은. 북한은 뭐 좋아질 것 같아? 백 년간 북한을 저렇게 만들어 놓은 김씨 왕조를 인정해버렸잖아. 김씨 왕조를 인정해주는 대신에 싼 임금과 풍부한 자원과 새로운 소비자들을 얻어온 거지. 우리가 얻은 것도 아니야. 남한의 기업이 얻은 거지. 남한기업 혼자 먹는 것도 아니

잖아. 통일을 인정받는 조건으로 북한 개발에 외국기업의 참여를 사십 퍼센트 보장하기로 했잖아. 우리나라 기업 단독으로는 북한에서 아무것도 못 한다며? 무조건 국제 컨소시엄 형태로만 가능하다 하더라고. 한 마디로 말해서 우리만 먹지 않을 테니 걱정하지 말라는 거지.

이 년 전, 통일 일주년 기념 주간에 들어가기 전날 술자리에서 김 부장이 했던 말이었다. 일주일의 기념 주간이 모두 공휴일이 된 덕분에 출근에 대한 부담 없이 한잔 마시던 중이었다. k와 김 부장이 통일에 관하여 이야기를 나누다 논쟁이 되었다.

— 그래도 일단 전쟁 걱정은 하지 않아도 되잖아요. 그리고 형님이 말씀하신 것처럼 당장은 부작용이나 그런 것들이 있겠지만 장기적으로 보면 민족 전체의 삶의 질도 올라가지 않겠어요? 다른 나라들은 인구도 줄고, 일자리도 줄어든다는데. 우리는 전체적으로 인구도 늘어났고, 국토도 커졌고, 북한 개발하느라 일자리도 늘어났지요. 국방비로 들어가던 돈이 복지로 들어오면 복지정책도 획기적으로 바뀌지 않겠어요? 음. 그리고 일본에 복수도 해야 하지 않겠어요? 통일된 민족의 이름으로.

— 그래서 넌 지금 행복하냐?

— 에이. 형 그렇게 물어보면 안 되지요.

— 왜 그렇게 물어보면 안 되는데? 백 년, 이백 년 뒤에 여기 사는 사람들이 행복한 게 무슨 소용인데. 지금 내가 행복해야지. 게다가 한민족이 어디 있냐? 한민족이. 이미 다 섞였는데. 민족의 시대가 지나간 지가 언제인데. 모두들 국경을 없애고 세계 단일정부로 가려고 하는 판에 웬 민족주의 국가? 일본에 복수를 어떻게 할 건데? 전쟁이라도 하시게? 음. 그건 가능하겠네. 남북한이 쌓아 놓은 무기가 있으니 써야겠지. 그런데 백 년이나 지난 지금 그 후손들에게 복수하는 것이 옳은 일이겠냐? 분명히 너처럼 말하는 놈들이 나올 거야. 기대를 많이 했다가 실망에 빠진 내부의 불만을 돌리려고 하겠지. 분명 그럴 거야.

현실에 영향을 주지 못하는 사람들의 논쟁이 항상 그렇다. 그럴듯한 논리와 억지가 이어졌다. 형은 형대로 그렇게 생각하십시오, 나는 그래도 동의할 수 없습니다. k가 말했고 그날 술자리는 끝났다.

일 층 간판 아래 차양 끝을 따라 한 방울씩 빗물이 떨어진다. 차양의 비닐은 아이보리색과 황토색으로 얼룩이 졌다. 처음엔 고동색이었지, 아마. 차양을 지탱하고 있는 쇠막대들은 붉게 녹이 슬었다. 녹은 부풀어 올라 여드름 같은 돌기를 만들고, 돌기마다 물방울들이 필사적으로 매달려 있다. 쇠막대 맨 아래에 맺힌 물방울을 보았다. 작은 볼록거울 같은 물방울에 얼굴이 비쳤다. 바람을 잔뜩 머금은 갈색 비닐봉지를 닮았다. 후두둑. 쇠막대를 잡고 흔들었다. 매달려 있던 물방울들이 아래로 떨어진다. 어차피 내려갈 놈들이다. 붙잡고 있어 봐야 마르는 데 시간만 더 걸린다.

바 안은 예전하고 달라진 것이 없다. 이게 문제다. 계산대의 카드 단말기 옆 장미 조화가 아직 있다니. 삼 년 전, 임대 재계약 기념으로 양주라도 한 병 팔아줄까 싶어 들렀을 때 보았던 조화다. 베이지색 벽지는 때가 타고 문드러져 누렇게 변했다. 양각으로 도드라진 금색 아라베스크 문양이 멋있었는데. 벽지와 어울리지 않는다고 생각했던 보라색 벨벳 소파 군데군데 담뱃불에 뚫린 구멍이 보였다. 방 입구에 쳐진 커튼 밑단은 실이 풀려서 늘어졌다. 커튼을 젖히고 들어가려는데 먼지가 날리는 것 같았다. 숨을 참고 들어섰다. 바 사장은 맥주 한 병을 따서 마시고 있다.

— 오래 기다리셨습니까?

— 아닙니다. 저도 방금 왔습니다. 늦을까 봐 급하게 오다 보니 숨이 차서 한숨 돌리려고 맥주 한잔하고 있었습니다.

— 이 층에 김 교수님이 보자고 해서 이리 오시라고 했습니다. 괜찮으시죠?

— 아, 네. 그렇지 않아도 김 교수님께 감사드릴 일도 있는데 잘 되

었네요.

　— 그래요?

　— 다른 게 아니고, 꼬박꼬박 우리 가게 찾아 주시거든요. 저도 다른 일을 같이 하고 있어서 가게에 잘 나오지 못하는데, 우리 실장 말을 들어보면 자주 오시는 것 같아서요. 아가씨라고 해야 실장 하나뿐인데 옆자리에 앉아 있지 못하고 다른 테이블에 가 있어도 별 말 없이 드시다가 계산하고 가신데요.

　삼 년 만에 들른 k에게 바 사장이 이야기했다. 교수들은 아직 여유가 있나 봅니다. 저는 바 같은 곳에서 양주나 맥주를 마시는 것은 생각도 못하는데. 바에서 술 마시기 위해 은행 대출까지 받아가며 와룡빌딩을 구입한 게 아니거든요. 은행 대출 이자에 각종 보험금, 공과금을 내고 아이들 학원비 등등 감당해야 할 것들이 산더미거든요. k는 이렇게 말하려다 참았다. 지금은 참아야 한다.

　— 감사한 일이네요. 바에 이익이 된다면 저한테도 좋은 일이지요. 그건 그렇고, 김 교수님 오시기 전에 우리 이야기 먼저 할까요?

　— 그러지요. 사장님.

　예전에 k는 바 사장에게 과장이라는 호칭으로 불러 달라고 말했었다. 오늘은 그러고 싶지 않았다.

　— 지금 밀려 있는 임대료가 육 개월분입니다. 세금계산서는 빠지

지 않고 발행 중이고요. 들어오지 않은 임대료에 대해서 부가가치세를 내고 있다는 말이지요. 육 개월 동안.

— 죄송합니다. 죄송한데, 어떻게 할 수 없어요. 장사가 안 되는 것을 어떻게 합니까? 사실 그동안 사장님께 임대료를 낮춰 달라고 말씀드리고 싶었지만, 밀린 임대료 때문에 면목이 없어서 말을 못하고 있었던 겁니다. 다른 사람한테 가게를 넘기고 싶어도 임대료가 비싸서 인수하려는 사람이 없네요.

임대료를 낮춰달라니. 바 사장이 선수를 쳤다.

— 장사는 왜 안 되는 겁니까?

— 몰라서 묻는 것은 아니실 테고. 굳이 제 입으로 말씀드리자면 말 그대로 손님이 없습니다. 이런 동네에서 우리 같은 장사는 현금들고 있는 노가다들이 중요한데요. 대한민국의 공사판이란 공사판은 모두 다 북에 있으니 노가다들이 모두 북으로 간 거지요. 지금 평양이나 개성에 있는 술장사들 현금 수입이 장난 아니랍니다. 진즉에 그쪽으로 갔어야 했는데.

— 일하는 아가씨가 실장 하나밖에 없는 것도 문제 아닌가요?

— 아가씨들도 전부 돈 따라 북으로 갔지요. 좀 예쁘다 싶으면 북에 있는 업체에서 전부 스카웃 해갑니다. 남아 있는 애들도 틈만 나면 올라가려고 하구요. 지금 있는 저 실장도 처음 여기 들어올 때 제

가 지분을 쪼매 넘겨줘서 묶었거든요. 그래서 남아 있는 것이지 그런 것 없었으면 벌써 갔을 겁니다. 오늘도 지분 정리해달라는 것을 돈이 없어서 못 해준다고 뻗대고 있는 중입니다.

— 그러면 저더러 이대로 그냥 기다리라는 말입니까?

k가 바의 사장에게 오늘 만나자는 전화를 했을 때는 나름대로 제시할 방안이 있어서였다. 계획대로라면 바의 사장이 이렇게 나오면 안 되는 것이다. 정말 죄송하다고, 죄송한 마음을 금할 수 없다는 이야기를 해야 했다. k는 못 이기는 척 적당한 타협안을 내놓을 생각이었다. 임대료를 깎아주든, 밀린 임대료를 탕감하든. 그런데. 바 사장은 자신은 아무 잘못 없다는 듯 말했다. 누구의 잘못도 아니라고, 자신이 무얼 어떻게 해서 바뀔 상황이 아니라는 이야기를 했다. 틀린 말은 아니었다. k는 당혹스러웠다.

— 그런 이야기는 아니고요. 그냥 그렇다는 겁니다. 지금 상황이. 저도 사장님이 넉넉하지 않은 상황에서 뭐라도 해보려고 이 건물을 사서 가지고 계신 것 압니다. 그런데 뜻대로 안 되는 것을 어떻게 합니까. 이게 사장님 잘못입니까? 아니면 제가 잘못한 겁니까? 이건 누구의 잘못도 아니지요. 어이, 실장아. 여기 사장님 맥주 한 병 갖다 드려라. 목 타시겠다.

k는 바의 사장 얼굴을 쳐다보고는 "허." 하고 소리 내어 웃었다. 실

장이 가져온 맥주를 잔에 붓고는 단번에 마셨다. 목이 탔다.

— 벌써 와 계셨군요. 바 사장님도 계시네요. 오랜만입니다.

김 교수가 커튼을 열고 들어왔다. 체크무늬의 카디건과 흰색 와이셔츠, 진한 남색의 양복 바지였다. 이 층 임대 계약을 위해 살펴보러 왔을 때도 비슷한 차림이었다.

주위도 조용하고 전망도 나쁘지 않네요. 삼십 평이라고 하셨지요. 개인 연구소로 사용하기에는 딱 적당한데요.

네. 사실 이 층은 임대가 안 나가면 제가 쓰려고 했습니다. 전면이 너무 잘 나와서 작은 북 카페나 그런 것을 해볼까 하고 생각하던 중이었지요.

아이고. 제가 이 층을 쓰겠다고 하면 조금은 섭섭하시겠습니다.

임대가 나가는 것이 더 좋지요.

그렇지요. 저는 이 이 층이 정말 마음에 듭니다. 그런데, 제가 하려는 것이 개인 연구소입니다. 수익을 올리는 게 목적인 곳이 아닙니다. 그래서 드리는 말씀인데, 전세로 하면 안 되겠습니까? 물론 월세로 하시는 것을 원하시겠지만 제 사정을 조금만 생각해 주셨으면 합니다. 주위의 다른 건물에 공실도 많던데.

결국 전세로 임대를 하게 되었다. 김 교수의 사정도 참작했지만, 김 교수 말대로 주위에 공실이 많아서 이 층 임차인을 구하기가 쉽지 않기도 했다. 전세금으로 대출금 일부를 갚는 것도 나쁘지 않다고 생각했다.

— 네, 먼저 와서 한잔하고 있었습니다.

— 두 분이 이야기 중이신 것 같은데 옆에서 조금 기다릴까요. 제가 듣는 것이 좀 그러시면.

— 아닙니다. 거의 다 끝났습니다.

바 사장이 대답했다. k는 바의 사장을 쳐다보았다. 바의 사장은 k를 보며 말을 이었다.

— 우리 와룡빌딩 사장님께서 제 사정을 듣고 충분히 이해하신다고 하셨거든요. 그래서 뭔가 획기적인 제안을 해주실 것 같아요. 그렇지요? 사장님?

김 교수가 k쪽으로 얼굴을 돌렸다. k는 크게 웃다가 실장을 불렀다. 생각할 시간이 필요했다.

— 실장님, 저 맥주 한 병만 더 주세요. 여기 김 교수님께도 한 병 가져다 드리고. 오늘 맥주는 제가 사겠습니다. 건물주니까. 하핫.

k는 실장이 가져온 맥주를 김 교수의 잔과 자신의 잔에 따랐다. 준비해온 생각은 의미가 없다.

— 제가 어떻게 해드리면 될까요?

k는 바 사장과 김 교수를 번갈아 본 뒤 바 사장에게 물었다.

— 제가 무슨 염치로 어떻게 해달라고 하겠습니까. 그저 임대료를 조금 낮춰 주시면.

— 얼마나?

— 제가 제 입으로 어떻게 이야기하겠습니까? 저로서는 작을수록 좋지요. 지금 부가세 빼고 한 달에 백오십이니까, 부가세 합쳐서 백이면 너무 많이 낮추는 것이겠지요?

김 교수가 끼어들었다.

— 에이, 그건 좀 너무한 것 같은데요. 부가세 합쳐서 백은.

— 그런가요? 좀 그렇지요. 그러니까 제가 제 입으로 말 안 한다 그랬잖습니까?

— 부가세가 관건이네요. 부가세는 따로 해야지요. 안 그렇습니까? 사장님.

k는 김 교수에게 흥정을 부탁한 적 없다. 바 사장이 김 교수에게 부탁을 했을 수도 있겠다는 생각이 들었다. 빈속에 마신 술 탓인지 얼굴이 달아올랐다.

— 김 교수님 말대로 그건 좀 너무하고요. 일단 밀린 임대료부터 이야기하겠습니다. 지금 밀린 것이 육 개월 치니까 천만 원 정도 됩니다. 그걸 보증금에서 제하겠습니다. 그런 후에 다시 재계약을 하는 것으로 하지요. 부가가치세 빼고 백으로 하는 것이 어떻겠습니까?

맙소사. 백이라니. 백이라 말하는 스스로에게 놀랐다. 부가세를 뺀 것이라고는 하지만 백오십에서 백으로 오십만 원이나 임대료를 줄이다니. 바 사장의 사정이 딱하기도 했지만, 어중간하게 백삼십 정도를 불러서는 타협이 되지 않을 것 같다는 생각을 했다. 백이라도 제대로 넣어줬으면 하는 바람도 있었다. 무엇보다 분위기에 휩쓸린 탓이다. 후회는 의미가 없다. 바 사장은 빙긋이 웃었다.

— 우리 사장님 역시 멋진 분이네. 나는 혹시 백삼십, 백사십 뭐 이런 거 부를까 봐 걱정했거든요. 모르는 사이도 아니고 얼굴 붉히는 일 생길까봐 내심 걱정했는데 멋있게 깎아주셔서 감사합니다. 밀린 임대료는 사장님 말씀대로 하지요.

— 아름다운 타결이에요.

김 교수가 잔을 들어 k와 바 사장의 잔에 부딪혔다. 쨍그랑, 소리가 났다. k는 바 사장에게 임대료를 낮추었으니 이제는 정확한 날짜에 정확한 입금을 해주시길 부탁드린다 말했고 바 사장은 당연히 그러겠다고 대답했다. 김 교수가 입을 열었다.

— 오늘 자리가 조금 이상하게 되었습니다. 그래서 다음에 다시 이야기할까 했는데, 미룬다고 달라질 것도 없고 이야기 나온 김에 모두 해결하고 가시는 것이 좋을 것 같아서 말씀드리겠습니다. 다름이 아니라 아직 계약 기간이 남아 있기는 한데, 이 층 연구소를 빼야 할 것

같습니다.

— 네?

— 제가 만든 상황은 아니지만 죄송한 마음입니다. 어찌 되었건.

이 층은 월세를 줄이는 문제가 아니다. 전세금을 내어주어야 하는
일이다. 목돈이 나가는 일.

— 무슨 일이 있으신 건지?

— 학교가 이전한답니다. 거, 참. 남쪽에서는 학생 수가 계속 줄어
들지 않습니까? 상대적으로 북쪽에는 학생 수에 비해서 대학 수가
적습니다. 그래서 재단 차원에서 북쪽으로 이전하기로 했답니다. 당
장 내일 가는 것은 아닌데 교수들한테 신변 정리를 하라네요. 따라오
지 못할 것 같으면 알아서 정리하라고. 따라가야지 별 수 있습니까?
제가. 허, 참. 이것 참.

소문이 돌기는 했지만 현실이 될 것이라고는 생각을 못했다. 남쪽
은 대학의 수가 학생 수에 비해 한참 많았다. 신입생을 제대로 채우
지 못하는 학교가 부지기수였다. 반대로 북쪽은 상대적으로 대학 수
가 적었다. 정부에서도 북쪽으로 이전하는 대학에 재정적, 행정적인
지원을 아끼지 않겠다고 발표했었다. 그렇다고 해도 정말로 북으로
옮기는 학교가 나올 줄은 몰랐다.

— 재단이 기독교 재단이다 보니 북쪽에 선교한다는 명분까지 내

세워서 몇몇 대형 교회들에게서 지원금까지 받은 모양입니다. 안 갈 수가 없게 된 거지요. 죄송합니다. 급하지는 않지만 올해 상반기 안으로 해결해주시면 감사하겠습니다.

바 사장에 비하면 김 교수는 양반인 셈이었다. 당장 내어놓으라고 하지는 않았으니. 내어 놓으라 해도 내어 줄 돈은 없었지만. k가 된다, 안 된다 할 문제는 아니었다. 게다가 바 사장과의 협상에서 힘을 너무 뺐다.

— 그렇군요. 허어. 오늘 많은 이야기를 듣네요.

바 사장이 실장에게 맥주 몇 병과 양주 한 병을 가지고 나오라고 이야기했다.

— 오늘은 내가 살게요. 우리 사장님 기분도 그럴 거고, 말하는 김 교수님도 마음이 편치 않으실 거고. 한잔 하시지요.

양주잔을 몇 번 부딪혔고 이런 조옷 같은 통일이라는 욕도 몇 번 했고 임대료를 조온나 깎았으니 제대로 입금하라는 쉰 소리도 했고 그 욕에 발끈한 바 사장을 김 교수가 말렸고 k는 바를 나왔다. 조심히 들어가시라는 실장의 말에 뒤를 돌아보는데 건물 입구의 현판이 눈에 들어왔다. 와룡빌딩이었다.

시이발, 용이 맨날 누워 있어. 날아야 하는데. 맨날 누워 있네. 그래서 와룡이라네. 와룡.

옛날 옛적에

벤치와 보도블록의 틈을 비집고 자리를 잡은 녀석이다. 잎을 펼치는 것도 쉽지 않은 일일 텐데 꽃대까지 올려낸 장한 녀석이다. 법학관 뒤 녹색 철제 쓰레기통 맞은편 벤치를 군이 찾아오는 사람은 없었다. 그 덕분이다. 꽤 운이 좋은 엉겅퀴임에 틀림없다. 하 교수를 기다리던 희동은 엉겅퀴가 올려낸 꽃대를 보며 녀석을 부러워하던 중이었다. 벤치에 앉아 기다릴 수도 있었지만 그러지 않았다. 먼지가 제법 쌓여 있기도 했고 앉으려면 엉겅퀴 꽃대를 지나쳐야 했다. 자칫하다가는 꽃대를 다치게 할 것 같았다. 희동은 벤치를 앞에 두고 서서 기다렸다.

　—이런 곳에 벤치가 있었네. 삼십 년을 다니면서도 몰랐어.

하 교수다. 법학관 뒤에서 보자고 한 사람은 하 교수였다.

　─기분은 좀 어때?

'몸은 좀 어때?'라고 물으려 했는데 희동의 입에서는 다른 말이 나왔다.

　─그냥 그렇지. 좋을 리가 있겠어. 앉자. 힘들다.

'잠깐만'이라 말할 틈을 주지 않았다. 하 교수는 '앉자.'라는 말과 동시에 걸음을 내딛었고 엉겅퀴 꽃대를 밟아버렸다. 담배 한 개비를 꺼내 물며 희동을 보았다. 너는 내 말을 믿느냐? 24K 금테를 두른 안경알 건너 그의 눈은 희동에게 묻고 있었다. 희동은 고개를 돌렸다. 엉겅퀴 꽃대는 허리가 꺾인 채 아래위로 흔들렸다.

　─먼지라도 좀 닦아내고 앉지.

　─엉덩이로 닦으면 되지.

　─이 상황에도 농담이 나오냐?

　오십이 되기도 전 은빛으로 변한 머리칼은 하 교수의 시그니처다. 은발 아래로 펼쳐진 넓고 도톰한 이마. 때로는 굽이치는 급류처럼, 때로는 넓은 강인 듯 이마를 가로지르는 주름. 같은 연배의 사내들보다 머리 하나 정도 큰 키는 그가 우두머리로 태어났음을 말해주는 것 같았다. 하 교수는 목소리도 좋았다. 굵고 낮은 목소리가 적당히 부른 복부에서 울려나왔다. '허허' 하는 절제된 웃음소리는 마주하는 상대로 하여금 그를 함부로 대하지 못하게 했다. 그를 두고 돌아서는 것 또한 허용하지 않았다. 딱 반걸음만큼의 거리를 두고 마주서서 '허허'보다는 낮은 톤의 미소를 짓게 만들었다. 하 교수는 교수가 되기 위해 태어난 사람이지. 그런 이야기를 들을 때마다 희동은 고개를 끄덕이다 꼭 한 마디를 덧붙였다. 코만 빼고.

하 교수의 두 눈 사이에 로켓 같은 코가 있었다. '로켓 같은 코'라는 표현을 처음 쓴 사람은 희동이었다. 희동은 '로켓 같은 코'라는 표현을 쓰는 유일한 사람이기도 했다. 봐봐. 양쪽 콧구멍을 두르고 있는 콧날개를 로켓의 날개나 보조연료통, 콧등을 본체라고 치면 딱 들어맞지 않아? 로켓처럼 보이지 않아? 난 저 코를 볼 때마다 그러니까 하 교수가 콧바람을 낼 때마다 조마조마해. 하늘로 솟아오르지는 않을지. 희동은 주위 사람들에게 다그치듯 묻고 말하곤 했다. 사람들은 손으로 입을 가리며 웃기만 할 뿐 고개를 끄덕이지는 않았다.

— 너 흥뚱항뚱이라는 말 들어 봤냐?

부러진 엉겅퀴 꽃대를 바라보던 희동에게 하 교수가 물었다.

— 그건 또 무슨 말이야?

— 아니다.

— 아니긴 뭐가 아니야? 무슨 말인데? 요즘 유행하는 신조어냐?

— 순우리말이라는데. 사전대로 하면 어떤 일에 마음이 가 있어 일이 손에 잡히지 않는 상태를 말한다네.

— 그래? 처음 들어보는 말이네. 그런데 지금 이 상황에서 왜 갑자기? 네가 그렇다는 말이야?

— 아니. 그냥 해본 소리다. 널 보니 그 말이 생각이 나네. 이유 없이.

이유가 없을 리가 없다. 희동은 그 말이 무엇을 말하는 것인지 알고 있다. 차기 학장은 누가? 하 교수를 둘러싼 일련의 사태를 접하며 희동이 했던 첫 생각이었다. 다른 사람의 불행을 바라보며 자신의 이익을 먼저 떠올릴 만큼 야비하게 살아오지 않았다 스스로 믿어왔지만 그것은 틀린 믿음이었다. 하 교수는 희동을 잘 알았다. 하 교수는 담배꽁초를 바닥으로 던지고 발을 들어 꽁초를 비볐다. 그러고는 다시 부러진 엉겅퀴 꽃대를 짓이겼다. 엉겅퀴 꽃대와 담배꽁초가 엉킨 채 구두 바닥에 붙었다. 벤치에서 일어나며 하 교수가 말했다.

— 언젠가 이런 날이 올지도 모른다고 생각하곤 했어.

— 뜬금없이 무슨 말이야. 자꾸.

— 너, 항상 내 뒤를 따라왔잖아. 지금까지는 다행히 자리가 두 개였지. 내가 한 발 앞서가기는 했어도 너의 앞을 막지는 않았어. 조금 늦게 오기는 했어도 넌 언제나 남은 한 자리에 도착하기는 했어. 숨

을 헐떡이며 앉았지. 그땐 말이지. 넌 정말 숨을 헐떡였어. 안쓰러울 정도로. 너하고 나, 차이가 뭔 줄 알아? 나는 질문을 던지는 쪽에 서 있고 넌 답을 하는 쪽에 서 있었다는 거야. 항상. 그러니 앞설 수가 있나. 하긴, 지금 내가 할 말은 아니지. 어쨌든, 너나 나나 이 다음에 갈 자리는 하나밖에 없잖아. 너도 알잖아. 그 자리에 누가 앉아야 하는지. 그런데 말이야. 가끔씩, 가끔씩 말이지. 의자의 등받이를 잡고 앉으려는 순간 내가 미끄러져 넘어지거나 혹은 숨을 헐떡이며 쫓아온 네가 먼저 엉덩이를 들이밀 수도 있다는 생각을 가끔씩, 아주 가끔씩 했었어.

하 교수의 말은 대부분 사실이었다. 희동은 항상 그를 쫓아다녔다. 아니 희동 앞에는 항상 그가 있었다. 입학을 해서 졸업까지, 대학원 입학부터 학위까지, 임용까지도 그는 한 발 빨랐다. 학문적 성과가 나보다 나아? 아니야. 재수를 하느라 녀석보다 1년 늦었을 뿐이야. 그 1년이 계속 이어진 거고. 나보다 빠르다는 게 나보다 더 낫다는 것은 아니잖아. 포장을 잘 할 뿐이야. 단지 포장을. 내가 녀석보다 모자란 것이 있다면 오직 포장이야. 희동은 그렇게 생각했다. 외모를 포장하는 것. 학문적 성과를 포장하는 것. 하 교수는 그가 가진 것 이상을 드러내는 능력이 있었다. 희동이 스탠드 불빛 아래에서 글자 하나의 크기와 숫자 하나의 모양에 전전긍긍하고 있을 때 그는 학교 앞

호프집에서 젊은 교수들과 토론을 했고, 희동이 법의 근원과 역사, 철학을 찾고 있을 때 그는 도서관 로비에 후배들을 모아놓고 국가보안법의 위헌성에 대해 연설을 했다. 당연히 도전할 것이라 생각했던 사법고시를 포기하고 대학원을 선택했다. 의식 있고, 양심적이며, 시대를 선도하는 젊은 예비 학자의 이미지가 그의 배경이 되었다. 희동도 대학원을 선택했다. 학문으로서 법학에 집중하고 싶었고 법학자로 일가를 이루겠다는 야심도 있었다. 하지만 사람들에게 희동은 그저 공부 열심히 하는 대학원생이었다.

하 교수가 가는 길은 모두가 아는 길이 아니었다. 표지판을 바라보며 목적지를 확인하고, 이미 만들어져 있던 길을 걸어가는 사람들과 같이 걷지 않았다. 목적지가 어느 방향에 있는지만 알아내면 그는 그의 방향으로 걸었다. 길이든, 길이 아니든. 대부분은 길이 아니었다. 지도 교수의 새 논문을 펼쳐놓고 지도 교수를 이해하기 위해 밑줄을 긋고 있는 희동의 옆에서 그는 젊은 법학자들이 모여 만든 새 법학 잡지에 실을 자신의 논문을 썼다. 지도 교수의 새 논문 마지막 장의 참고 문헌을 확인하기 위해 늦은 밤 컴퓨터 앞에 앉아 검색을 하고 있는 희동에게 "내일 보자."며 인사를 한 그가 달려간 곳은 후배들이 모여 있는 술집이었다. 그 술집에서 당시 대학 기획 실장이던 지금 총장의 딸을 만났고 사위가 되었다. 그리고 곧 임용이 되었다.

희동은 하 교수의 말에 달리 대꾸를 하기 싫었다. 기자 회견이 오후 네 시에 열린다는 것을 알고 있었지만, 그냥 물었다.

— 기자 회견은 몇 시야?

— 알면서. 네 시.

— 그걸 내가 어찌 알아. 준비는 잘 했고?

— 준비는. 기자들이 알아서 준비하지 싶다. '미안합니다. 의도했던 것은 아니지만 그녀에게 상처가 되었다면 사과하겠습니다.'라고 말해야겠지. 그 뒤로는 고개만 숙이고. 기자들이 물어보면 기억이 안 난다던가, 그럴 의도는 없었다던가, 그것만은 결단코 아니라고 대답해야겠지.

— 정말 그런 짓을 하지 않았다면, 안했다고 해야 하는 것 아니야?

— 정말 그런 짓을 하지 않은 것인지 잘 모르겠다. 기억이 없다.

— 하긴, 걔가 아예 없는 이야기를 하지는 않았겠지. 십 년 전 술자리는 기억이 나지 않는다 치고, 어깨니 다리니 주무르라고 한 것은 맞냐?

— 뭐라고?

이번 신임 전임강사 선발에 하 교수가 영향을 끼친 것은 사실이다. 그는 A가 아닌 B를 적극적으로 추천했다. A보다 B가 객관적으로 실력이 좋았다. 단지 남자라서가 아니었다. 학부와 대학원의 성적과, 논문 점수에서 A보다 나았다. 조직 내에서 개인이 발전하고, 개인의 발전이 곧 조직의 발전이 될 수 있도록 노력하겠습니다. B는 면접 심사 자리에서 이렇게 말했다. B의 말은 면접관들의 마음을 사로잡았다.

A는 하 교수를 지도교수로 모신 이후 하 교수를 떠난 적이 없었다. 등교해서 하교할 때까지, 출근해서 퇴근할 때까지. 논문 쓰기보다 사람들과 어울리기를 좋아하는 하 교수의 논문 작업은 그녀의 봉사가 있었기에 가능했다. 하 교수의 강의록은 A의 강의록이기도 했다. 하 교수가 나눠준 강의록과 학창시절 A가 후배들에게 물려줬던 정리 노트가 목차부터 별표까지 똑같다는 사실은 공공연한 비밀이었다. 그녀가 시험문제를 만들었고 그녀가 채점을 했다. 하 교수가 A에게 이번 교원 임용에 지원해보라고 말했을 때, 그녀는 이제야 보상을 받는 것이라고 생각했을 것이다. 그런데 B가 임용이 되었다.

B가 임용된 다음날 A는 지역 신문에 투서를 보냈고 기자를 만났다. 십 년 전 학부생 시절, 하 교수가 지도 학생들을 데리고 회식을 했고 다른 학생들이 돌아간 뒤 A를 따로 불러 노래방에 데리고 갔었다는 이야기를 했다. 그가 권하는 술을 받아 마시다 그녀는 정신을 잃었다. 몸이 흔들려 눈을 떠 보니 자신의 상의가 벗겨져 있었다. 눈을

뜬 그녀에게 벌거벗은 하 교수가 말했다. 허리 좀 들어봐. 바지가 안 벗겨지잖아. 악을 지르고 발길질을 해서 겨우 벗어나기는 했지만, 그 날 하 교수의 발기된 성기에 있던 털 난 사마귀는 아직도 잊을 수 없 다고 했다. 그녀는 교수가 되고 싶었고 하 교수의 눈에서 벗어나고 싶지 않았다고 말했다. 장난이었어. 말도 안 되는 그의 변명에 고개 를 끄덕인 것도, 이후로도 줄곧 하 교수의 대학원생, 조교로 남아 있 었던 것도 그 이유 때문이라고. 기자는 노래방 이후로 다른 사건은 없었냐고 물었다. 그 후로 노래방과 비슷한 일은 일어나지 않았지만 어깨를 주물러라, 다리를 주물러라 하는 일은 수없이 많았지요. 사 타구니 쪽으로 제 손을 잡아당겨 안마를 시키기도 했어요. 그러면서 부풀어 오른 바지 앞섶을 자기 손으로 쥐어 잡고는 신음 소리를 냈고 요. 그녀가 답했다. 하 교수를 용서할 수 없다고. 사과를 받고 싶다는 말까지 덧붙였다. 지역 대학교의, 그것도 법과 대학의 차기 학장으로 유력한 교수가 제자에게 성폭력을 행사했다는 이야기는 무료한 늦 봄을 어찌 보낼까 걱정하던 지역의 언론과 학계, 여성계를 들뜨게 했 다. 그리고 오늘 하 교수가 자청해서 기자회견을 한다.

하 교수는 학생들과 함께하는 술자리를 즐겼다. 학창 시절부터 어 울리는 것을 좋아했고, 교수가 된 후에도 마찬가지였다. 나이 든 교 수들은 자신들의 지도 학생들과 저녁 먹을 일이 생기면 하 교수를 데려갔다. 하 교수는 젊은 학생들과 나이 든 교수의 적절한 중재자였고, 적당한 통역사였다. 학생들의 체력을 따라갈 수 없는 교수들은 식사 이후의 일들을 하 교수에게 맡기고 집으로 갔다. 학생들도 하 교수를 좋아했다. 70년대 학창 시절을 소환하는 것 말고는 별다른 레퍼토리가 없는 노 교수들보다는 제 3 세계 영화에서부터 래퍼들의 라임에 이르기까지 이야기를 이어가는 하 교수가 진정 교수답다고 생각했다. 그랬던 학생들에게 이번 일은 충격이었다. 우연히 자신의 엉덩이에 닿았다고 생각했던 하 교수의 손바닥, 손가락들이 우연이 아니었다면.

— 네 시다. 간다.

하 교수가 일어섰다.

— 그래, 수고해. 꼬투리 잡힐 만한 이야기는 하지 말고.

하 교수는 대꾸 없이 돌아섰다. 하 교수의 구두와 구두 바닥에 붙은 엉겅퀴 꽃대와 담배꽁초가 눈에 거슬렸지만, 희동은 굳이 말해주지 않았다. 하 교수의 몫이라 생각했다. 대신 궁금한 것이 하나 있었다. 철제 쓰레기통을 막 돌아나가던 하 교수를 불렀다.

— 어이, 하 교수

— 왜? 힘내라고?

하 교수가 돌아보며 말했다.

―아, 힘내. 그런데 궁금한 게 하나 있는데 말이야.

―뭔데?

―하 교수 거기에 진짜로 털 난 사마귀가 있어?

희동은 하 교수와 헤어진 후 출판사에 들렀다. 내년에 출간할 교과서의 표지에 대해 몇 가지 이야기를 나누고 집으로 왔다. 굳이 하 교수의 기자회견장을 찾아서 이야기를 듣거나 분위기를 보고 싶지 않았다. 희동의 아내는 TV로 하 교수의 기자회견을 보았다며 정말로 그런 사람이냐고 물었다.

―그걸 내가 어찌 알겠어.

―하 교수님 완전 영국 신사처럼 보였는데. 정말 사람 속은 모르는 일인가봐. 하여간 남자란 종족은 다 똑같아. 아마 과학이 발달해서 남자 없이도 아이를 낳을 수 있는 세상이 되면 남자는 사라져야할 거야. 필요는 없는데 귀찮고 저열한 종족이니까. 음, 당신은 빼줄게. 당신 같은 샌님은 뭘 하라고 전을 펼쳐도 못 할 사람이니까. 아무렴, 그건 내가 보증해줄게. 다른 남자들은 다 없애도 당신만은 남겨달라고. 굳이 힘들여서 없앨 필요 없다고.

―이 사람이.

―하 교수 같은 변태가 좋다는 것은 아니지만, 당신은 좀 따분한

남자이기는 해. 자기도 알지?

　―그만해. 왜 이야기가 그리로 흘러?

　― 하긴, 바깥에서 어떻게 하고 다녔는지는 내가 알 수 없지. 당신
은 어때? 비슷한 일은 없는 거지? 조심해. 하 교수가 저리 되었으니
당신이 차기 학장 일 순위잖아. 혹시라도 마음에 걸리는 것이 있으면
미리 손 써.

　― 허어. 못하는 말이 없네. 그만해.

　―확실한 거지?

　비슷한 일. 그만하라고 아내에게 소리를 지르기는 했지만, 희동은
아내의 질문에 대한 답을 찾고 있었다.

　그래, 그날 그곳에 누구도 있지 않았다는 것은 정말 다행인 일이
야. 만약 그곳에 누군가 있었고 내가 하려는 대로 했었다면. 물이 가
득한 욕조 속으로 머리를 밀어 넣은 듯 양쪽 귀가 웅웅거렸고 그 웅
웅거림 속 심장이 뛰는 소리가 들렸다. 희동은 어지러웠다. 두려움
때문이었다. 두려움은 누구에게도 피해를 주지 않았다는 안도감을
밀어냈다. 한 명은 알고 있지. 기억하고 있지. 네가 무엇을 하려 했는
지. 넌 알고 있지 않아? 희동이 희동에게 물었다.

　옛날 옛적에, 대학교 4학년 여름 방학이었다. 희동은 그때까지 여

자 친구를 사귀어 본 적 없었다. 매력적인 외모도 아닐뿐더러, 이야기를 재밌게 한다든가, 모임을 좋아하는 성격이 아니어서 여학생들의 관심을 끌지 못했다. 공부만 하는 아이. 별명이 고3이었다. 그날, 희동은 학교 앞 자취방으로 돌아오던 중이었다. 고향집에 내려간 지 이틀만이었다. 마루에 앉아 티브이 채널을 돌리거나 중, 고등학교 동창들을 만나 잡담을 나누는 것은 시간 낭비라 생각했다. 기차역에서 나와 줄지어 늘어선 택시들을 지나쳤다. 소나무 가지들이 바람에 흔들렸고 밤하늘에서 내리는 가는 빗줄기는 역 광장의 가로등 불빛을 받아 야릇하게 반짝였다. 한참을 기다린 끝에 버스를 탔고 자취방이 있던 동네의 정류소에서 내렸다. 등에 멘 가방에는 어머니가 싸주신 밑반찬들이 들어 있었다. 무거웠고 웃옷의 칼라가 어깨끈에 끼어 불편했다. 다시 들쳐 메기 위해서 정류소 캐노피로 들어갔다. 허벅지가 드러난 교복치마를 입고 있는 여학생 두 명이 보였다. 무심결에 보았다. 좀 노는 애들인가 보네. 생각하며 배낭을 고쳐 메고 우산을 펼쳤다. 한 여자아이가 말을 걸어 왔다.

오빠.

네?

우리가 오늘 잘 데가 없어서 그러는데, 오늘 우리 좀 재워주면 안 돼요? 저랑 제 친구요.

희동은 무어라 대답을 해야 할지 몰랐다. 여자아이가 가리키는 손을 따라 앉아 있는 다른 여자아이를 쳐다보았다. 의자에 앉아 있던 그 아이는 희동을 보며 왼손을 들어 흔들었다.

…….

우리가 잘해드릴게요. 하루만 재워주세요.

희동은 대답을 하지 않았다. 꾸중을 하거나 점잖게 타이르는 어른 짓을 하고 싶지도 않았다. 대답 없이 돌아섰다. 빗속으로 걸어갔다. 아이들의 대화가 들려왔다. 보이지 않았던 남자아이의 목소리도 들렸다. 남자 아이가 물었다.

야, 뭐래?

몰라, 존나 씹혔어. 대답도 안 하고 갔어.

뭐라고 했는데?

재워달라고 했지. 둘이서 잘해주겠다고.

그런데?

아래위로 한 번 훑어보더니 그냥 가는 거야. 아. 씨발. 몸만 배렸어. 쪽팔려.

그러니까 내가 가슴에 뽕을 조금 더 넣자고 했잖아.

그게 아니야. 이 정도면 다 꼴리지. 아마 고자 새끼일 거야.

어떡하지, 비도 오는데.

아이들과 상대하고 싶지 않았다. 빠른 걸음으로 집으로 돌아왔고 배낭에서 밑반찬을 꺼내 냉장고에 넣었다. 기차를 타고, 버스를 타고, 길에서 시간을 보내느라 피곤한 하루였다. 소주 한 잔 마시고 누우면 푹 잠을 잘 수 있을 것 같았다. 냉장고 아래 칸 구석에 세워두었던 소주를 꺼냈다. 평소 같으면 두세 잔 정도 마시면 졸려야 했다. 잠이 오지 않았다. 피곤한 것은 맞는데 여자아이들의 치마와 허벅지와 가슴이 자꾸 떠올랐다. 소주잔을 든 채 컴퓨터를 켰고 동영상 다운로드 사이트에 접속을 했다. 제목은 중요하지 않았다. 상상의 자극에서 시각의 자극으로 시각의 자극에서 육체의 흥분으로. 동영상을 내려 받는 동안 목이 말랐다. 소주를 들이켰다. 남아 있던 반병을 비우기 전에 잠자리에 들 수 있을 줄 알았는데. 희동은 냉장고 문을 열고 새 소주병의 뚜껑을 열고 있었다. 그날따라 동영상을 내려 받는 속도가 너무 느렸다. 예상 시간이 '삼십 분'에서 '한 시간 삼십 분'으로 늘어났다. 희동은 컴퓨터를 켜놓은 채 자취방을 나섰다. 정류소에서 보았던 여학생들을 찾기로 했다. 내가 오늘 너희를 재워주겠다. 너희는 무엇을 주겠느냐? 물을 작정이었다. 필요하다면 용돈까지 줄 수 있지. 충혈된 눈은 비 내리는 한 밤의 자동차 헤드라이터처럼 빛났다.

아이들이 보이지 않았다. 아이들이 있던 정류소로부터 한 구간 위로, 한 구간 아래로 돌아다녔지만 찾을 수 없었다. 그때 재워준다고 할 것을. 콧김을 불어내며 정류소 의자에 앉았다. 마지막 버스가 지나갔다. 버스가 지나간 뒤, 맞은편 공원 입구가 희동의 눈에 들어왔다. 여름밤이면 건너편 공원 잔디밭과 동상 아래에 모여 술을 마시고 담배를 피던 학생들이 있었다. 저기로 갔을지도 몰라. 비가 오는 어두운 왕복 사차선의 도로를 희동은 무단으로 횡단했다. 진격하듯 공원으로 들어갔다. 지체할 시간이 없었다. 피곤한 하루는 사라졌고 솟아오르는 힘과 의지가 희동을 이끌었다. 희동이 앞서고 우산이 뒤를 따랐다. 출입 금지 팻말이 세워져 있는 펜스를 넘어 소나무 숲을 가로질렀다. 소나무들 사이, 꽃과 열매들이 함께 달려 있는 엉겅퀴 꽃대를 밟으며 두리번거렸다. 아이들은 보이지 않았다. 누구의 것인지 알 수 없는 동상을 지나 반대편 공원 화장실까지 이어졌다. 여자 화장실 입구를 기웃거리며 여학생들의 목소리를 찾고 있던 그에게 누군가 손전등을 비췄다. 경찰이었다. 순찰을 돌다가 희동을 발견하고 쫓아왔다. 경찰이 물었다.

여기서 뭐 하십니까?

예?

여기서 뭐 하냐고.

대학생인데요.

그러니까 대학생이 여기서 뭐 하냐고.

자, 잠이 안와서 산책을 하다가, 휴. 휴지가 없어서

희동이 말을 더듬었다. 옆에 서 있던 고참 경찰관이 나섰다.

학생. 학생이 하고 싶은 말이 나는 대학생인데 잠이 안 와서 산책을 하다가, 똥을 싸고 싶어졌는데, 휴지가 없어서 휴지를 구하려고 여자 화장실에서 서성거렸다 그 말 인거죠.

네.

흠. 신분증 있어요?

고참 경찰이 희동 대신 대답을 했다.

산책 나오면서 신분증 가지고 나오는 사람이 어딨냐. 이봐요. 대학생. 여기 우범지대니까 빨리 집으로 돌아가서 잠이나 자. 비도 오는데. 돌아다니다 감기 걸리지 말고.

네.

희동은 빠른 걸음으로 공원 출구를 향해 걸음을 옮겼다. 희동의 뒤로 '좀 이상하지 않습니까?'라는 신참 경찰의 질문과 '원래 저런 거야. 저렇게 돌아다니다가 힘 빠지면 집에 가서 자게 되어 있어. 잠이 안 와서 산책하다 똥이 마려워 화장실에 왔다는 데 우리가 뭘 어쩔 수 있냐. 그냥 보내줘. 집에 보내기만 해도 우리가 할 일은 하는 거야.'라는 고참 경찰의 답이 들렸다.

희동은 그대로 집에 갈 수 없었다. 무언가 해야만 한다고 생각했다. 택시를 잡아탔다. 남색 추리닝 바지와 갈색 후드티를 입고, 검은 2단 우산을 든 희동은 택시 운전사에게 가까운 유흥가의 나이트클럽으로 가달라 말했다. 예전에는 잘나가는 젊은이들만 모인다고 해서 유명했던, 이제는 삼사십 대가 주로 찾는다고 알려진 곳이었다. 희동은 그곳에 가본 적이 없었다. 동문 모임에서 후배 녀석들이 자기들끼리 하는 이야기를 주워들었다.

우리 같은 대학생들이 가서 누나, 누나 불러주면 삼사십 대들은 무조건 넘어온다니까.

교복을 입은 여학생이 아니라면 나이 든 여자라도 붙잡아야겠다 결심했다. 택시 운전사는 룸미러로 힐끔거리며 희동을 쳐다보았다. 나이트에 가는 것이 맞느냐고 두 번 물었고 희동은 맞다고 두 번 대답했다. 택시 운전사는 더 이상 묻지 않았다.

희동은 소파에 앉아 누나들을 찾아 두리번거렸다. 웨이터가 찾아왔다. 희동이 주문을 하지 않았는데도 맥주 세 병과 마른안주를 테이블 위에 놓으며 옆에 앉았다. 웨이터의 이름은 주윤발이었다. 주윤발은 몸을 기울여 희동에게 귓속말을 하려 했다. 희동은 주윤발의 입 근처로 귀를 가져갔다. 들었던 대로 대학생이 인기가 많은가 보다. 희동은 생각했다. 주윤발이 말했다.

이것만 조용히 먹고 가라. 시끄럽게 굴지 말고.

붉게 충혈되었던 희동의 눈이 새파래졌다. 더운 김을 몰아내던 콧구멍은 숨을 멈췄다. 희동이 대답했다.

네.

희동은 집으로 돌아왔다. 내려 받기가 끝난 동영상들이 희동을 기다리고 있었다. 지칠 대로 지친 몸은 더 이상 아무것도 할 수 없다고, 잠자리에 들어야 한다고 희동을 재촉했지만 해결해야 할 일을 남겨 둔 채 잘 수는 없었다. 동영상을 본 뒤 지친 몸을 일으켜 세워 한 차례 자위를 하고 나서야 희동은 잠이 들었다.

그날 재워주지 못했던 여학생들을 상상하며, 만나지 못했던 누나들을 상상하며, 여학생들과 누나들에 대한 기억이 희미해질 무렵에는 가르치던 제자들과 조교들을 상상하며 희동은 낮과 밤을 보냈다. 상상의 밤이 삼천 번 쯤 지난 뒤 아내를 만나 결혼했다. 결혼 정보 회사를 통해서였다.

— 무슨 생각을 그렇게 해?

안방 화장대에서 화장을 지우고 세수를 하기 위해 욕실로 향하던 아내가 희동에게 물었다.

— 생각은. 그냥.

— 내가 한 말에 마음 상했어? 내가 자기를 안 믿어 줘서?

— 아니. 그런 건 아니고.

—아니면 다행이네. 화장 지우면서 생각해보니 내가 말이 좀 심했나 싶더라고. 미안해. 자기는 그런 일 없을 거야. 믿어. 정말이야. 믿어야 한다는 의무감으로 말하는 게 아니야. 자기는 집이랑 학문밖에는 모르는 사람이니까. 꽉 막히고 재미없는 사람이라고 내심 속으로 불평을 한 적도 많았는데 이번 하 교수 사건을 보고 나니 다른 곳에 눈 돌리지 않고 한 곳만 보고 살아온 당신이 대단해 보여. 고맙기도 하고. 사랑해.

—새삼스레 왜 이래?

—정말이야. 나 씻고 올게. 오늘 우리 오랜만에 한 번 하자.

아내는 웃으며 희동의 추리닝 앞섶을 툭 쳤다. 아내는 욕실로 향했다. 열 시였다.

핸드폰의 진동이 울렸다. 모르는 번호였다. 저녁 늦게 걸려오는 전화치고 좋은 소식을 전하는 것은 없다. 희동은 받지 말까 하고 잠깐 고민을 했다. 받아봐요. 학교에서 온 전화일 수도 있잖아요. 학장 관련해서. 등을 돌리고 누워 있던 아내가 돌아누우며 말했다.

—여보세요?

—여보세요? 김희동 교수님이시지요?

—그렇습니다만. 누구십니까?

― 아. 네. 교수님. 전화 받아 주셔서 감사합니다. 저는 ○○일보의 홍○○기자 입니다.

― 네. 그런데. 이 시간에 제게 무슨 일로. 혹시 절 아시나요?

희동은 침대에서 일어나 거실로 나가며 물었다.

― 아닙니다. 교수님과는 초면입니다. 이렇게 전화로 인사드려서 죄송합니다. 하 교수님 사건으로 몇 가지 여쭤보고 싶은 게 있어서 전화를 드렸습니다.

― 하 교수님 일에 대해서는 제가 말씀드릴 것이 없습니다. 그리고, 이 번호는 어떻게 알게 된 겁니까?

학장 선임과 관련된 전화가 아니었다. 희동은 힘이 빠졌다. 하 교수에 관한 전화라서 짜증이 나기도 했다. 기자들이란. 경우가 없는 족속들이야. 지금 이 시간에 뭐 좋은 일이라고.

― 죄송합니다. 허락 없이 전화번호를 알아냈습니다. 제 동문 후배가 교수님 제자입니다. 그래서 교수님 전화번호를 제가 억지로 빼앗았습니다. 혹시 불편하시면 메일로 서면인터뷰를 해도 됩니다. 궁금한 것이 있으면 제가 추가로 여쭤보면 되니까요. 그렇지 않아도 늦은 저녁이라 죄송한 마음입니다.

○○일보라면 지역에서는 꽤 영향력이 있는 신문이다. 굳이 멀리 할 이유는 없었다. 자신이 거짓을 말하지 않는다면 하 교수에게 해가

될 일은 없을 것이라 생각했다. 희동에게는 득이 되고, 또 참인 이야기를 신문에 실을 수도 있겠다는 생각도 했다.

— 서면인터뷰가 더 귀찮은 일이지요. 이왕 전화하셨으니 전화로 합시다. 좀 피곤하기는 한데, 길게 걸리지만 않는다면, 내가 답할 수 있는 것들이면 말씀을 드리지요. 아직 많이 늦은 시간은 아니니. 지금 이 전화 공식적인 인터뷰인 거지요?

— 아. 네. 그렇습니다. 감사합니다. 교수님.

— 익명성이 보장되는 겁니까?

— 익명을 원하신다면 그렇게 하겠습니다. 걱정 마십시오. 그리고 가능한 빨리 끝내겠습니다. 바로 질문 드리겠습니다. 하 교수님과 학창 시절부터 쭉 같은 길을 걸어오셨다는 것이 맞습니까?

— 이보시오. 그러면 내가 인터뷰했다는 것을 세상이 다 알게 될 텐데 그런 질문은 하지 마시오.

기자는 익숙한 듯 대답했다.

— 아. 그렇군요. 하 교수님과 학창 시절부터 쭉 같은 길을 걸어오셨군요. 하 교수님에 대해서는 누구보다 잘 아시겠네요?

— 내가 좀 아는 편이지. 한 삼십 년 같이 지냈지. 마누라보다 하 교수랑 같이 있었던 시간이 더 많을 거요.

희동은 소파에 앉아 등을 기대며 대답했다. 희동의 아내가 방에서 나와 희동의 옆에 앉았다.

— 인터뷰를 하다 보면 사람들이 과장을 하는 경우가 많습니다. 하지만 교수님은 그런 것 같지는 않으시네요. 삼십 년을 같이 지내셨다면 정말 잘 아시겠습니다. 어떻습니까? 정말로 하 교수님이 그렇게 행동을 했다고 믿으십니까?

— 그게, 내가 그걸 믿느냐 안 믿느냐가 진실에 다가가는 데 영향을 주는 일이요? 그 질문은 실체적 진실의 측면에서는 의미가 없는 질문이지.

— 그렇군요. 하 교수님이 그러셨을 수도 있다는 말씀이군요.

— 허. 참. 이분이. 내가 언제?

희동은 아내에게 방으로 들어가 있으라 손짓을 했다. 아내는 거실 시계를 손으로 가리킨 후 방으로 들어갔다.

— 다음 달이면 법과대학 학장 인사가 있을 예정이라고 들었습니다. 연배대로 하면 하 교수님과 김 교수님 중 한 분이 학장을 하실 차례라고 하던데요. 이번 하 교수님 사건으로 하 교수님이 학장이 되는 것은 사실상 어려워졌다고 보는 사람들이 많더군요. 김 교수님 생각은 어떠신지.

희동은 잠시 뜸을 들인 뒤 대답했다.

— 발령을 받은 순서로 보나, 학문적으로나 하 교수님이 학장이 되

시는 것이 옳은 일입니다. 이번 사건만 없었다면 아무도 반대할 수 없는 일이지요. 더구나 지금 총장님의 사위가 아니십니까.

— 현 총장의 사위셨군요. 이번 사건에도 불구하고 하 교수님을 학장으로 임명한다면 '총장이 사위를 감싸고돈다.'는 비난이 쏟아지겠군요.

희동은 오른쪽 엄지발가락을 까딱거리며 거실 바닥을 톡톡 두드렸다. 핸드폰 액정이 살짝 따뜻해졌다고 느꼈다.

— 어허. 그런 뜻이 아니고. 이번 사건 자체가 아무래도 학교 입장에서는 명예가 크게 훼손될 수 있는 일이니까. 사실 여부에 관계없이.

— 그렇지요. 지역 여론도 좋지 않습니다. 그 여자 제자분의 증언이 워낙 구체적이라서 말이지요.

— 허허. 그것까지는 내가 말할 것이 못 되지. 거. 뭐냐. 성기에 난 털까지 기억하다니. 허허.

— 늦은 밤에 인터뷰에 응해주셔서 정말 감사합니다. 마지막으로 한 가지만 더 여쭙고 싶습니다.

— 아니, 시작한 지 얼마 되지도 않았는데 벌써 마지막 질문이란 말이오?

— 네에. 오후에 하 교수님 기자 회견 때 기사를 거의 다 작성했습

니다. 몇 가지 빠진 부분에 대해서 김 교수님의 말씀을 듣는 것이라서 길게 할 인터뷰는 아니었습니다. 다음에 다른 주제를 가지고 김 교수님과 길게 인터뷰하겠습니다. 마지막으로 궁금한 것은 말입니다. 하 교수님의 학창 시절에 관한 것입니다. 대학생이나 대학원생 시절에도 혹시 성적인 문제로 구설수에 오른 적이 있었습니까? 김 교수님의 기억 속에서 말입니다.

희동은 미끄러지듯 소파에 누웠고 소파 팔걸이에 머리를 뉘었다.

— 글쎄, 나하고는 스타일이 달라서. 하 교수가 술자리를 좋아하기는 했지만, 동기나 후배 여학생들을 건드렸다는 이야기를 들은 적은 없는 것 같은데.

— 여자 접대부가 나오는 술집을 즐겨 찾았다던가, 사창가 방문을 좋아했다던가 하는 것은?

— 그것도 내가 알기는 힘들지. 나랑 같이 놀러 다닌 사람이 아니니까.

— 그렇군요. 그러면 진짜 마지막 질문입니다. 밤늦게 공원을 돌아다니면서, 지금 세태로 말하자면 원조교제 같은 그런 만남을 하려고 했다던가, 나이트클럽 같은 곳에서 여성분을 꼬셔서 하룻밤을 즐기려고 했다던가, 야한 동영상을 너무 좋아해서 컴퓨터 하드에 받아놓고 매일같이 봤다든지 하는 그런 이야기는요?

— 누구? 나 말이요?

갑자기 높아진 언성에 희동의 아내가 방문 틈으로 고개를 내밀었다. 희동은 전화를 들어 보이며 이마를 찌푸렸다.

— 아니요. 아니지요. 하 교수님 말입니다. 김 교수님에 대해서는 후배를 통해서 말씀을 많이 들었습니다. 수업과 세미나 말고는 학생들과 따로 자리를 하지 않으신다고. 정말 깨끗하다고 하더라고요. 하 교수님 사건으로 새삼 김 교수님을 존경하게 되었다고 후배가 말했습니다.

— 흠. 하 교수가 그랬는지 안 그랬는지는 모르겠고. 우리 기자분이. 홍 기자라고 했나? 우리 홍 기자가 기자이시면서도 한글이 좀 약하네. 만남을 '하려고 했다.' 와 만남을 '했다.'는 다른 것이지. '즐기려고 했다.'와 '즐겼다.'도 다른 것이고 말이야. 시도 한 것과 실제로 한 것은 달라야 하지 않나? 그리고 야한 동영상을 자기 컴퓨터에 내려 받아서 보든 말든 그게 지금의 사건과 무슨 관계가 있다고 묻는 것인지 모르겠어.

희동은 인터뷰가 끝난 후 하 교수에게 전화를 해야겠다고 생각했다. ○○일보에서 전화가 왔었다는 이야기와 자신이 최선을 다해서 하 교수를 변호했다는 이야기를 전하고 싶었다. 하 교수가 학창 시절부터 그런 성향을 가지고 있었는지, 하 교수가 힘을 가지게 되면서 그런 성향이 바깥으로 나타나기 시작한 것인지를 기자가 궁금해했다는 것을 말해주어야 했다. 혹시 모르니 대답을 준비해두라고, 충고를 하고 싶었다.

희동은 또한 하 교수에게 물을 것이다. 하 교수의 옛날 옛적에 대해. 그 옛날 여름밤에 대해.

일어나

나는 궁금하다. 그물망 속 검은 한약재를 손으로 움켜쥐면 바스락 소리를 내며 으스러질지. 계란 판에서 계란을 꺼내 벽에 던지면 흰자와 노른자가 벽을 타고 흘러내릴지. 온수 관에 한 바가지 물을 끼얹으면 쏴 하는 소리와 함께 하얀 연기가 피어오를지. 그렇다고 움켜쥐고 던지고 끼얹어볼 생각은 없다. 바닥에 떨어진 한약재를 씻고 치우는 것은 귀찮은 일이다. 아침마다 새로 올려놓는 계란은 아직 익지 않았을 것이 분명하다. 하얀 연기는 초여름 골목의 소독약처럼 사우나를 가득 채우겠지만 나는 더 이상 소독차를 쫓아가지 않는다.

사우나 안 온도계의 빨간 수은은 일백 도를 가리키는 긴 눈금 근처까지 올라갔다. 입으로 들어오는 열기에 숨이 막힌다. 두 발로 온전히 서 있을 수 없을 만큼 바닥이 뜨겁다고 느끼는 순간 내 발 밑바닥에는 어느새 수건이 깔려 있다. 쓰윽 문지르면 젖은 때가 밀려나와야 할 손등이 보송하고 이마에서 솟아나 미간과 콧등을 지나 코끝에서 뚝뚝 떨어져야 할 땀이 흐르지 않는다. 손등과 얼굴만 그런 것이 아니다. 어깨도 팔도, 다리도. 땀이 나지 않는다.

사우나 문이 열리고 누군가 사우나 안으로 들어선다. 그 틈으로 들어오는 공기가 차갑다. 사우나가 사라진다.

잠들기 전 아내가 했던 말 때문이다. 아내가 내 이마를 더듬으며 말했다.

— 자기, 요즘은 땀을 안 흘리네. 우리 오랜만이었는데.

나는 땀을 많이 흘렸었다. 어휴, 무슨 땀을 이렇게. 결혼 전 함께 보낸 첫날밤 아내의 첫 반응이었다. 그만큼 사랑하는 거지. 최선을 다하는 거고. 나는 아내를 내려다보았다. 그래요. 수고 많았어요. 내 이마에 맺힌 땀을 훔치던 아내는 남은 한 손으로 내 엉덩이를 다독였다. 이게 끝은 아니지. 나는 너스레를 떨었고 아내는 크게 웃었다. 그 기억 속의 밤에 나는 정말 많은 땀을 흘렸다. 그녀의 위에 있으면서도 고개만은 그녀 얼굴 바깥으로 돌렸다. 그녀의 얼굴에 땀방울이 떨어지는 것이 싫었다. 아내는 내가 허약해서 그런 것은 아닌지 걱정을 했던 것 같다. 어느 날 아내가 말했다. 자기, 몸이 부실해서 그런 것은 아니라네. 정말 나를 사랑해서 그런 것이라 하데. 나에게만 집중해서, 내 몸의 작은 자극에도 뜨겁게 반응을 해서. 누가? 나는 아내에게 물었고 동네 아줌마들이! 아내가 대답했다. 승강기에서 만난 옆집 아주머니가 실없이 웃던 이유였다. 그 아주머니는 그 후로도 한동안 나를 볼 때마다 손으로 입을 가리며 웃었다. 나는 부끄러워하지 않았다. 같이 웃어주었다. 귀찮아서. 그랬던 내가 이제는 땀을 흘리지 않는다.

— 자기, 예전에는 닭똥 같은 땀을 흘렸었거든. 할 때마다, 하고 나서도.

아내는 이마를 더듬던 손으로 목을 감싸 안는다.

— 내가 닭똥 같은 눈물은 들어봤어도 닭똥 같은 땀은 처음 듣는다.

— 그러니까, 내 말이. 닭똥 같은 눈물 같은 땀이었다니까. 그런데 이제는 땀이 안 나네. 그 땀이 보고 싶네. 아, 그렇다고 자기가 최선을 다하지 않았다는 건 아니야. 나쁘지 않았어.

— 위로가 되지는 않네. 자자. 잘 자.

나는 오른쪽으로 몸을 돌려 누워서 잠을 청했다. 이상하게도 오른쪽으로 누워야 잠이 잘 온다. 아내의 얼굴을 보기 싫어서가 아니다.

아내의 오른쪽에 누운 탓에 오른쪽으로 돌아누우면 아내가 보이지 않는 것일 뿐.

아내가 땀에 관한 이야기를 꺼낸 것은 오늘이 처음이지만 나도 느끼고 있었다. 언제부터인지 알 수 없지만 웬만한 더위, 웬만한 매운 음식, 웬만한 운동에는 땀이 나지 않는다. 배어나올 땀 한 방울 없을 만큼 몸 안이 건조한 것은 아니다. 손등의 푸른 정맥은 여전히 도드라지고 굽이친다. 하룻밤에도 여러 번 깨어 화장실에 가야 하는 아래쪽 사정은 분명 심각한 일이지만 탈수의 반대쪽에 서 있는 증거이기도 하다. 물이 모자라지는 않다는 것.

온탕과 열탕을 앞에 두고 선다. 삼십팔 도의 온탕과 사십이 도의 열탕이 나란하다. 사 도의 차이로 온탕과 열탕이 구별된다. 새삼스럽다. 온탕에 발을 담근다. 수면과 종아리가 만난 경계가 간지럽다. 웃음을 만들어내는 간지러움과는 다르다. 이 간지러움은 통증을 만든다. 집어넣거나 빼내거나 둘 중 하나를 결정해야 한다. 경계란 원래이런 거다. 몸을 집어넣는다. 온탕의 물은 허리까지 올라오고 손은 허리로 향한다. 더 깊이 몸을 잠근다. 경계는 목까지 올라오고 간지러움도 따라온다. 예전에는 이즈음이면 이마에서 땀이 났다.

열탕으로 노인 한 명이 들어간다. 열탕의 온도계 액정에는 사십삼

도라는 글자가 붉은 빛을 내고 있다. 그 사이 일 도가 더 올랐다. 종아리부터 허리를 거쳐 목까지 올라가는 경계의 이동은 과감히 생략된다. 노인의 몸은 어느새 아랫입술 위만 남겨놓고 열탕에 잠겨있다. 허어, 허어, 가슴 속 깊은 곳에서부터 올라와 구강과 비강에서 울리고 확장된 소리가 노인의 입술 사이로 나온다. 노인은 고개를 좌우로 돌리다 나를 본다. 온탕의 온도계를 보고 씨익, 웃는다. 여전히 삼십팔 도다.

　―뜨겁지 않으십니까?

　노인에게 묻는다.

　―뜨겁다 하면 뜨겁고, 안 뜨겁다 하면 안 뜨겁고. 이 나이 되면 웬만해서는 땀도 안 나.

　―아, 네에. 어르신도 그렇습니까?

　― 그렇고말고. 그러니 점점 뜨거운 곳을 찾아다니게 되는 거지. 이것도 조심해야해. 땀이 제대로 난다 싶어 가만히 있다 보면 화상을 입고 있는 경우도 있으니까. 땀도 좋지만 내가 어느 정도 감당할 수 있는지를 아는 게 중요하지.

　괜히 말을 걸었다. 노인은 이야기를 끝내지 않을 기세다. 나는 정면으로 고개를 돌리고 입술을 다문다. 노인이 온탕의 온도계를 다시 살핀다. 내 쪽으로 손을 뻗어 타일을 손으로 툭툭 친다. 나는 다시 노인 쪽으로 고개를 돌린다.

　― 아무리 그래도 삼십팔 도면 차가운 거야. 찬물이야. 찬물.

　뭔가 되받아 말을 해주기를 바라는 노인의 시선을 느끼지만 나는 말을 하지 않는다. 발가락 사이를 손으로 밀어볼까 어쩔까, 지금쯤 허벅지를 손바닥으로 밀면 때가 나올 텐데 어쩌지 고민하는 사이 노인이 몸을 일으켰다. 온탕과 열탕 사이의 넓고 편평한 타일 위로 올라와 앉는다.

　― 내가 이 목욕탕에 온 것만 해도 거의 팔십 년이 다 되어 가. 아버지 손에 이끌려 처음 왔으니까. 별의별 인간을 다 보았지. 같이 늙어 가는 인간들도 있고. 당연히 말이야. 그런데 말이지. 재미있는 게, 뭐냐 하면 내가 목욕탕에서 만난 사람들, 제법 많은 그 사람들이 모두 비슷하다는 거야. 적어도 목욕탕 안에서는 말이지. 첫 경험은 다들 비슷해. 아비들 품에 안긴 채 두리번거리다가 온탕을 발견하고는 눈이 동그래지는 거야. 반가워서가 아니야. 당연히 아니고말고. 아비들이 온탕에 몸을 담그면 결국 아이의 엄지발가락이나 발뒤꿈치가 물에 닿게 되고. 아이들은 소리를 질러대기 시작하지. 어떤 녀석은 물에 닿기도 전에 소리부터 지르는 놈도 있고. 어찌나 시끄러운지. 그날따라 아이가 하나가 아니라 둘이면 이건 뭐. 하여튼, 자네도 그랬을 거야.

노인과 눈을 마주치지 않으려 정면을 응시해보지만 소용없다. 노인의 목소리는 크게 울리고 큰 목소리를 들으면서 노인의 얼굴을 외면하는 것은 쉬운 일이 아니다.

— 어느 날 보면 그 아이가 혼자 목욕탕에 와 있어. 이제 좀 컸다 이거지. 온탕에도 들어가고, 곁눈질로 열탕을 힐끔거리다 열탕에 발을 담가보기도 하고, 개중 용감한 녀석들은 보란 듯이 열탕으로 먼저 들어오기도 하고. 재밌는 진, 온탕에 들어가건, 열탕에 들어가건 그 나이에는 땀을 그렇게 많이 흘린다는 거야. 호기심도 많아서 누가 끌고 들어가지 않아도 먼저 사우나에 들어가. 머뭇거리면 또래들 사이에서 바보 취급 받을까봐 그러는 놈도 있겠지. 어쨌건 목욕탕을 돌아다니고 살피고, 뜨거우면 뜨거운 대로, 차가우면 차가운 대로 목욕을 즐기지. 그때까지는 그래도 자기들끼리, 자기들만의 세계에서 놀아.

나는 맞장구를 치는 대신 고개만 끄덕인다. 이 정도면 노인도 만족해야 하지 않을까? 이 정도면 예의는 다한 것 같은데.

내 반응이 마음에 들지 않았는지 노인은 다시 열탕 안으로 들어간다. 드디어 끝났다. 혹시나 하는 마음에 슬쩍 노인을 본다. 노인은 더는 할 말이 없는지 눈을 감고 깍지를 낀 두 팔을 앞으로 뻗고 앞뒤로 몸을 흔들고 있다. 나는 몸을 돌려 엎드린다. 턱을 난간에 대고 몸무게를 지탱하며 이마에 신경을 집중한다. 한 방울이라도 땀을 낼 수 있다면. 바깥에서 수건과 샤워 수건을 정리하고 있던 목욕탕 직원과 눈이 마주친다. 나는 다시 몸을 돌려 일으킨다. 온탕의 계단에 앉아 크게 숨을 쉬어본다. 열탕에 있던 노인이 온탕으로 건너와 맞은편에 앉는다. 노인은 나를 쳐다보다 몸을 일으켜 온수밸브로 다가간다. 붉게 칠해진 온수 관에서 뜨거운 물이 쏟아져 나오고 노인은 두 팔로 이리저리 물을 휘젓고 나는 일어선다. 그 아이들이 더 크면 말이야. 노인이 나를 보며 뭐라 이야기를 하려한다. 순간, 차가운 물방울 하나가 목욕탕 천장에서 내 이마로 떨어진다.

— 앗, 차가워.

눈을 떠보니 아내의 얼굴이 나와 마주하고 있다. 내가 몸을 돌렸나 보다. 그녀가 숨을 내쉴 때마다 차가운 콧바람이 내 얼굴로 와 부딪힌다. 손을 뻗어 그녀의 머리를 빗겨 넘겨본다. 아내도 꿈을 꾸는 걸까? 온탕에 앉아 있는 걸까? 머리를 빗기는 내 손에 물기가 느껴진다. 그녀는 아직 땀을 흘린다. 나는 돌아누워 베개 옆에 두었던 핸드폰을 연다. 메일이며 밴드며 알림이 떠 있는 앱 아이콘들을 누르다 페이스북으로 들어간다. 낯익은 얼굴들과 처음 보는 이름들이 친구 추천되어 있다. 한 명씩 위로 올리다 H선배의 이름을 본다. H선배와 내가 아직 페이스북 친구가 아니었다니. 약간 놀랍기는 하지만. 정말 약간 놀라울 뿐이다.

그와 나는 대학 시절 '삼땀'의 멤버였다. 그는 삼 학년이었고 나는 이 학년, '삼땀'의 막내였다. '삼땀'은 땀을 많이 흘리는 우리에게 학과생들이 붙여준 별명이었다. 삼 학년에 누구와 누구, 이 학년에 누구 이렇게 세 명이 땀에 관해서는 절대 강자지, 이런 식으로. 내가 졸업할 때까지 '삼땀'에 걸맞을 만큼 땀을 흘리는 후배가 들어오지 않았다. '삼땀'은 새로운 멤버를 구하지 못해 '사땀', '오땀'이 되지 못했고, 그 시절을 함께한 동창들에게 '삼땀'은 H선배와 H선배의 동기 한 명, 그리고 나를 뜻하는 고유명사가 되었다.

땀을 정말 많이 흘렸다. 여름이 아닌 봄에도, 가을에도. 심지어 겨울에도 우리는 누군가의 이야기를 듣거나, 무엇을 보거나, 어떤 생각이 들 때면 땀을 흘렸다. 단순히 맺히는 정도가 아니었다. 속옷은 땀을 감당하지 못했고 바지 허리춤까지 땀이 배어나왔다. 염분이 하얗게 말라붙은 티셔츠는 잘못 세탁한 옷처럼 보이기 일쑤였다. 구레나룻에서, 코끝에서, 턱 아래에서 떨어지는 땀을 닦기 위해 여분의 수건을 가방에 넣어 다니는 것은 선택이 아니라 필수였다. 교정에서 마주치면 땀을 닦기 위해 서로의 수건을 빌려 쓰기도 했고, 샤워를 하는 동안 사물함에서 샴푸를 꺼내 와 건네주기도 했다.

우리 셋은 자주 무언가를 했다. 같은 동아리도 아니었고 고등학교

동문도 아니었지만 같은 시간 같은 공간에 있는 일이 많았다. 같이 땀을 흘렸다. 몇몇 친구들이 땀에 관해 연구를 하는 땀 동아리를 만들어야 하는 것 아니냐, 농담을 했다. 나는 그때마다 멤버가 셋뿐이라 동아리 정족수가 안 된다며 안타까운 척 농담을 받아주었다.

'삼땀'이 함께 여행을 간 적이 한 번 있었다. 아니, 여러 번이었던 것 같은데 기억에 남는 것은 한 번이다. 학생회에서 주최한 하계 엠티였다. 지리산을 종주하는 산행이었다. 뱀사골에서 노고단으로 노고단에서 세석을 거쳐 장터목, 그리고 천왕봉까지가 예정된 코스였다. 처음에는 배낭이 무겁겠지만, 시간이 갈수록 가벼워질 거야. 왜냐하면 꼬박꼬박 때맞춰 밥을 먹을 테니까. 가벼워진다고 해서 우리가 땀을 안 흘리는 것은 아니지만 말이야. 텐트나 다른 준비물이 든 배낭은 처음부터 끝까지 같은 무게라서 힘들어. 우리 삼땀 멤버가 힘들면 안 되지. 엠티의 공식적인 산행 대장이었던 H선배는 식료품이 들어있는 배낭을 내게 맡기며 어깨를 툭 쳤다. H선배는 이미 여러 번 지리산 종주를 해본 베테랑이었다.

뱀사골 계곡에서 야영을 하던 첫날, 저녁을 먹은 후 계곡의 너른 바위에 우리는 모여 앉았다. 계곡의 양쪽으로 늘어선 거뭇하게 형체만 보이는 나무들이 우리를 지켜보고 있던 그때, H선배가 기타를 들고 나타났다. 우리를 빙 둘러 앉게 한 뒤 자기는 계곡물에 가장 가까운 자리에 앉아 노래를 불렀다. 노래를 아는 몇몇 사람들은 낮은 목소리로 따라 부르거나 화음을 넣기도 했다. H선배의 굵고 담백한 목소리는 바위들의 결을 따라 계곡에 퍼졌고 단순한 코드와 주법의 기타 반주는 계곡 작은 폭포들의 물소리와 묘하게 어울렸다. 눈보라 몰아치는 저 산하에. 노랫소리는 계곡물을 따라 아래로 내려갔다. 지리산 산행의 첫날, 이 노래를 꼭 부르고 싶었어. 그냥. 선배는 노래를 다 부른 뒤 기타를 케이스에 집어넣고 일어섰다. 사람들은 일어서는 선배를 따라 고개를 들었고, 선배는 손으로 계곡 위 검은 골짜기를 손으로 가리켰다. 이번에 우리가 가는 코스를 옛날 빨치산들은 하룻밤에 왕복을 했다 하더라. 얼마나 땀을 많이 흘렸겠냐. 하룻밤 왕복을 하고 돌아오면 이곳 뱀사골 계곡물로 목을 축였다지. 그렇게 빨리 산에 오르자는 말은 아니다. 그렇다는, 그런 일이 있었다는 이야기지. 내일부터가 본격적인 종주다. 다치지 않도록 조심하고. 우리 삼딸들은 수건 꼭 챙기고.

다음 날 노고단을 지나 세석으로 향하는 능선, 바위에 앉아 잠깐 쉬는 사이 한 쌍의 남녀를 만났다. 남자는 여자를 업고 앞으로는 배낭을 메고 산을 내려가는 중이었다. 땀을 비 오듯 흘리고 있었다. 무슨 사연이냐 우리가 물었다. 이제 막 결혼을 한 신혼부부였다. 신혼여행으로 지리산 종주를 선택했다고 했다. 우리보다 하루 먼저 뱀사

골을 출발해서 종주를 하다 부인이 지쳐버렸다. 한 발자국도 발을 뗄 수 없다 하네요. 어쩔 수 없지요. 다시 돌아가는 길입니다. 정말 어쩔 수 없지요. 남자가 이야기를 하는 동안에도 여자는 바위에 기대어 앉아 눈을 감고 있었다. 나는 남자에게 도와드릴 것이 없는지 물었다. 땀을 많이 흘려 수건이 모두 젖어버렸네요. 새 수건이 필요한데, 수건을 주실 수 있나요? 남자가 되물었다. 기꺼이 그러겠노라 대답했고 배낭에서 수건을 꺼내어 남자에게 주었다. 남자는 답례로 자신의 배낭에 있던 꽁치 통조림과 물에 불린 쌀을 내게 내어주었다. 배낭이 다시 무거워졌지만 싫지 않았다. 남자의 배낭이 그만큼 가벼워졌을 것이라 생각하니 오히려 기분이 좋았다. 남자와 헤어져 다시 걷기 시작한 내게 H선배가 다가왔다. 땀은 저렇게 흘려야 하는 것 아니겠냐? 우리 삼땀 막내가 흘리는 땀도 저런 거지. 그지? 선배는 장난스런 웃음을 보였다.

문득 H선배가 여전히 땀을 많이 흘리는지 알고 싶다. 선배의 이름을 누른다. 선배의 계정에는 프로필 사진도 없고, 게시글도 없다. 아마도 어디선가에서 땀을 흘리느라 페이스북 따위 잊어버렸을지도 모른다.

아직 새벽 네 시다. 다시 잠을 자야 한다. 출근을 해야 하고 일을 해야 한다. 아내가 왼쪽으로 돌아눕는다. 아내의 등이 보인다. 부탁이야. 당신 등을 보며 잠들기 싫어. 결혼 초기 아내에게 했던 부탁이었다. 간혹 아내가 등을 보일라치면 손으로 몸을 당겨 돌려 눕히고는 했다. 이제는 그렇게 하지 않는다. 졸리다. 다시 눈을 감는다.

온탕에서 나와 냉탕으로 향하려다 몸을 돌려 밖으로 나간다. 시원한 공기가 몸을 감싼다. 몸을 닦은 후 마른 수건 하나 집어 들고 이발소 앞 평상으로 향한다. 수건을 깔고 앉아 냉장고의 음료를 마실까 무얼 마실까, 이발을 할 때가 되었는데 여기서 할까 어쩔까 망설이다 평상 반대편에 앉아 발톱을 깎고 있는 남자를 본다. 남자의 머리카락 색은 옅은 갈색이다. 남자는 검고 넓은 금속성 띠가 눈썹처럼 붙어 있는 금테 안경을 끼고 있다. 양쪽 끝이 위로 올라간 안경의 띠는 카이저수염을 닮았다. 날개를 펼친 갈매기 같기도 하다. 어디선가 본 듯한 안경이다. 어디서 봤지? 요즘 유행인 디자인이라서 그런가? 남자는 오른손에 쥔 발톱깎이로 왼발 엄지발가락 발톱의 가장자리를 헤집는다. 남자의 미간을 가린 안경 위 이마에는 땀이 맺혀 있다. 땀. 선배다. H선배. H선배가 목욕탕 평상에 앉아 있다. 선배, 하고 부르고 싶지만 목소리가 나오지 않는다. 선배는 나를 보지 못했다. 발톱에 집중한 탓이다.

아얏! 짧은 비명이 락커룸에 울린다. 이발소 의자에 앉아 졸고 있던 이발사가 놀라 깨어나 이발소 밖으로 나오고, 카운터에 앉아 핸드폰 오락을 하던 세신사는 냉장고 옆으로 고개를 내민다. 선배는 급히 손을 뻗어 평상 위 두루마리 화장지를 왼발 엄지발가락에 가져다댄다. 하얀 두루마리 화장지가 붉게 물든다.

— 이걸로 막아봐요. 휴지로는 땀이나 좀 닦고.

이발소 서랍을 뒤져 솜뭉치를 가지고 나온 이발사가 선배에게 건네며 말한다. 선배는 고맙다는 말 대신 재빨리 솜뭉치를 받아든다. 두루마리 화장지는 어중간하게 붉은 물이 들었다.

— 아니, 아무리 급해도 그렇지 휴지를 통째 갖다 대면 어떻게 합니까. 이걸 누가 쓰라고.

카운터에서 나와 평상으로 온 세신사가 두루마리 화장지를 집어들고 이리저리 돌려보며 말을 했다. 선배는 대답이 없다.

— 지금 그게 중요해. 피가 나잖아. 피가.

이발사가 선배 대신 세신사에게 화를 내고, 세신사는 이 휴지가 이발소 휴지냐며 따지고 이발사는 이발소 휴지 하나 내놓을 테니 가만히 좀 있어라 소리친다.

— 피는 이제 멎은 것 같은데, 상처 좀 봅시다.

내가 선배에게 묻는다. 씩씩거리며 서로를 바라보던 이발사와 세신사의 눈들이 선배의 발로 향하고, 선배는 땀으로 범벅이 된 얼굴을 들어 나를 본다. 몸을 당겨 선배 쪽으로 가까이 붙은 나는 선배의 왼발로 고개를 숙이고 선배는 천천히 솜뭉치를 걷어낸다. 발톱은 그대로인데 엄지발가락의 발톱 가장자리의 살이 사라졌다.

— 많이 아프시겠다.

나는 뭐라도 한 마디 위로를 해야 할 것 같아 말을 꺼내고, 이발사와 세신사가 아프지, 정말 아플 거야, 하고 한마디씩 던진다. 그 순간 상처를 보기 위해 숙이고 있던 내 머리 위로 미지근한 물 한 방울이 떨어진다. 선배의 땀이다.

— 상처도 상처지만, 땀을 정말 많이 흘리네. 땀이 많이 나는 병이라도 있는 거요?

세신사가 들고 있던 두루마리 휴지로 선배의 머리를 닦아주며 묻고, 나와 이발사는 세신사의 손에 들린 피 묻은 두루마리와 세신사를 번갈아 본다.

— 병은 아니고요. 제가 땀을 좀 많이 흘립니다. 예전부터. 예전에는 땀을 훨씬 많이 자주 흘렸었는데, 이제는 이렇게 아파야 땀이 나네요. 그것도 내가 아파야. 우습죠? 그런데 이건 너무 아프네요. 정말. 아아.

선배는 병원에 가보아야겠다며 일어난다. 이발사는 절뚝거리는 선배에게 이발소의 슬리퍼를 빌려주고 세신사는 두루마리 휴지를 선배에게 건넨다. 선배는 목욕탕을 나서다 말고 내게 다가온다.

— 혹시 너, 삼땀 막내 아니냐? 맞지? 오랜만이네.

이제라도 알아봐준 선배가 고맙다.

— 네. 맞아요. 선배. 삼땀 막내 이 학년. 잘 지내셨습니까?

— 그냥 그럭저럭, 그동안 땀 좀 흘리며 살았지. 그런데 이제는 땀이 잘 안 난다. 네가 본 것처럼 아파야 땀이 나네. 아파야, 그것도 남이 아닌 내가 아파야. 결국 이렇게 되었네. 너는 어때? 너도 장난 아니게 땀을 많이 흘렸었는데. 넌 아직도 땀을 많이 흘리며 사는 거지?

내가 대답을 하려는 순간, 그 짧은 순간에 선배는 목욕탕 밖으로 나갔다. 아니 그냥 사라진 것인지 분명하지 않다. 모두들 원래의 자리로 돌아간다.

나는 다시 목욕탕 안으로 들어와 있다. 온탕의 온도는 사십일 도다. 온탕에 앉아 있던 노인과 눈이 마주친다. 붉게 달아오른 노인의 이마에는 땀방울이 맺혀 있다. 노인은 내게 들어오라 손짓을 한다. 다시 온탕으로 들어갈 엄두가 나지 않지만 노인의 손짓을 무시할 수 없다. 조심스레 턱 아래까지 몸을 넣어본다. 이제는 경계에 익숙하다. 두 손으로 번갈아가며 어깨를 주무르는 나의 옆으로 노인이 바싹 다가와 앉는다.

— 어디까지 이야기했었지? 그렇지. 아이들. 그 아이들이 나이가

조금 더 들면, 젊은 어른이 되면 말이야. 이제 목욕탕 전체가 자기들 것이 되는 거지. 이전에는 시도해보지 않았던, 택도 없었던 일을 하기 시작하는 거야. 탕의 물이 차면 온수를 틀고, 탕의 물이 뜨거우면 냉수를 틀고. 자기들끼리 큰 소리로 이야기하고, 마치 원래 목소리가 그랬던 것처럼 말이지. 앞으로도 그럴 것처럼 말이야. 우리 같은 노인들이 앉아 있건 말건. 나쁘다는 건 아니야. 그냥 그렇다는 거. 뜨거우면 뜨겁다 말을 하고 차가우면 차갑다 소리 지르고, 여차하면 온수든 냉수든 직접 틀어 보기도 하고. 그래야지. 목욕하러 온 사람에게는 당연한 일인거지. 뜨거운 물에 땀도 좀 흘리고 해야 때도 벗길 수 있고. 여기 온 이유가 그건데, 미지근한 물에 백 날 천 날 앉아 있으면 뭣 하겠어. 그렇지 않아? 지금 좀 어때? 아까보다는 훨씬 좋지? 목욕하는 것 같지 않나? 이 정도는 뜨거워야 온탕이지. 땀도 나고.

— 아, 네.

노인의 팔꿈치가 내 팔에 와 닿는다. 나는 엉덩이를 들어 옆으로 옮겨 앉는다.

— 목욕탕에 와서 뜨겁지도 않은 온탕만 찾아다니고, 땀이 나기도 전에 사우나에서 나와버리는 그런 사람들이 있지. 아예 샤워만 하는 사람들도 있더라고. 같이 뜨거워져봤자, 덩달아 땀을 흘리고 두근거려봤자 힘만 들 뿐이라는 거지. 지들이 목욕 좀 해봤다고 시작과 끝

을 미리 가늠하는 거야. 그나저나 자네도 지금 보니 땀을 안 흘리는 군. 제법 오래 들어앉아 있었는데 말이야.

한 번 더 천장에서 차가운 물 한 방울이 떨어졌으면 좋겠다. 그러면 노인의 이야기를 끝낼 수 있을 텐데. 천장을 올려보며 금방이라도 떨어질 듯한 물방울을 찾는다. 노인도 나를 따라 고개를 들어 천장을 본다.

— 그 사람들이 땀 대신 무엇을 얻었냐면 말이지.

노인이 다시 말을 꺼내는 순간, 음악소리가 들린다. 알람이다.

아내를 깨우지 않기 위해 얼른 알람을 끄고 자리에서 일어난다. 안경을 찾아 끼고 무엇을 할지 고민을 하다 세면도구를 챙겨 현관을 나선다. 동네 목욕탕은 아침 일찍부터 문을 열었다. 샤워를 하고 사우나로 들어간다. 사우나 한쪽 의자에 앉는다. 그물망에는 한약재들이 들어 있고, 나무틀 위에는 서른 개들이 계란 판이 놓여 있고, 온수 관에서는 뜨거운 열기가 뿜어져 나온다. 나는 일어나 나무틀 쪽으로 한 발 내딛는다.

득수

구속적부심 심사가 끝난 후 득수는 구치소로 옮겨졌다. 알몸 상태로 입소자 수색을 받았다. 발가벗고 서 있는 득수를 살피던 교도관이 물었다.

— 사타구니는 왜 그래?

득수는 '완선'이라 대답했고 교도관은 전염병만 아니면 된다고 했다. 전염병만 아니면 된다고? 화를 냈어야 했다. 뭐가 된다는 말이지? 하지만 득수는 교도관에게 별다른 대꾸를 하지 못했다. 판사 앞에서 했던 이야기, 판사를 설득하지 못했던 이야기를 교도관에게 다시 들려줄 수는 없었다. 말도 안 되는 변명이라 핀잔받을 것이 분명했다. 다른 입소자들이 늘어놓은 사연에 그 흔한 '그래?' 같은 추임새도 내뱉지 않는 교도관이었다. 교도관은 입소자의 말을 경청하지 않았고 입소자와 눈을 마주치지도 않았다. 주위를 둘러보며 가끔씩 고개만 끄덕였다. 입소자는 항상 억울하지. 여기 들어와 있는 사람들은 모두 억울해. 심지어 나도. 왜 내가 이 시간에 니들 엉덩이를 들여다보고 있어야 하는 건데. 이렇게 생각하거나, 이제 이놈들만 들여보내고 나면 교대시간이니 조금만 참자 참어, 하며 스스로를 다독이고 있었을지도 모른다. 게다가 교도관이 득수의 사연을 듣고 억울하겠다, 말한들 득수의 상황이 바뀌는 것은 아니었다. 지지, 격려, 동정 따위가 득수에게 해줄 것은 없었다.

당직 판사는 득수의 말을 믿지 않았다. 여자의 엉덩이를 만진 것이 아닙니다. 사타구니가 가려워 긁다 보니 여자의 엉덩이를 손등으로 건드리게 된 것입니다. 내가 왜 저 아줌마의 엉덩이에 손을 대겠습니까? 득수는 억울하다 말했지만, 당직 판사에게 득수는 수십 장의 야동 CD가 들어있는 스포츠 가방을 들고 다니는, 반성할 줄 모르고 궁색한 변명을 해대는 흔한 성추행범일 뿐이었다. 범죄 혐의를 인정하지도 않고, 직장과 거주가 모호하며, 도주의 우려가 있는 피의자였다. 당직 판사는 득수에게 '구치소'라는 분명한 거주지를 만들어 주었다.

— 어이, 신입. 잘 잤나?

옆에 누워 있던 4589번이 말을 걸었다. '네.' 하고 대답을 할지, 돌아누운 채 자는 척 하고 있을지 마음을 정하지 못한 득수는 손으로 모포를 끌어올렸다. 실눈으로 본 창 바깥은 구치소 안의 어둠보다 더 검었다. 득수를 깨운 것은 목탁소리였다. 똑 똑 또르르. 몇 번 반복되더니 마하반야로 시작하는 독경이 이어졌다.

— 시끄러워서 못 자겠제. 곧 익숙해질 끼다. 저것 때문에 우리 방은 저녁에 일찍 잔다 아이가. 칼 같다. 저녁 아홉시 반. 교도관들이 '아직 자지 마라.' 캐도 우리는 그 시간 되면 잔다. 이 앞 동에 있는 방은 아마 다 그럴 끼다.

— ······.

득수가 대답을 하지 않자 4589번이 다시 물었다.

— 자나?

— 아니요.

— 그라모, 일라라. 신입이 할 일이 좀 있거든. 이제부터는 니가 해야 한다. 일단, 제일 먼저 기억할 것은 자고 있는 선임들은 건들면 안 된다는 거다. 알아서 일어날 때까지. 그 전에 깨우면 난리난다. 기상 시간이 되어도, 깨어 있는 것처럼 보여도, 독경소리가 어떻게 들리든 관계없이.

4589번이 득수에게 먼저 인사한 것은 신참에게 자기가 하던 일을 넘겨주기 위해서였다. 득수가 들어온 첫날부터 일을 넘기려 했지만 다른 방원들이 말렸다. 첫날 하루는 그냥 둬, 좀. 4589번은 아마도 오늘 아침 독경소리를 기다리며 뜬 눈으로 지난밤을 새웠을 것이다.

득수가 넘겨받은 일은 제법 많았다. 양동이에 물을 받아놓는 것, 방 인원보다 두 사람 많은 인분의 밥과 반찬을 얻어 오는 것, 각자가 설거지한 물을 모아 화장실을 청소하는 것이 아침 시간에 득수가 해야 할 일이었다. 이불을 개고 각을 잡아 쌓아놓는 것, 식사 이후에 설거지하는 것은 각자가 알아서 했다. 영화나 주위에서 보고 들었던 이야기처럼 방장이 있고 서열에 따라 움직인다거나 신입이 모두 해야하는 것은 아니었다. 그나마 다행이었다.

— 성추행이라메? 여기가 잡범들 방이라서 다행인 줄 알아라. 깡패들 방이나, 흉악범들 방이면 니는 벌써.

신이 난 4589번은 인수인계 할 내용들을 늘어놓고, 손으로 목을 긋는 시늉을 한 번 하고는 다시 이불 속으로 들어갔다.

두 달 전이었다. 득수는 어깻죽지를 뒤로 젖힌 채 인사과 문을 열고 들어갔고 20여 분 후 회사 정문을 걸어 나왔다. 회사를 돌아보며 점퍼의 옷깃을 세웠다. 왼손을 주머니에 꽂고 오른손을 들어 흔들었다.

　양옆으로 그저 그런 풍경들이 끝없이 이어진 편도 일차선의 국도를 달리는 완행버스. 회사는 완행버스야. 졸고 있는 건지 조는 척하는 것인지 알 수 없지만 어느 쪽이든 내릴 생각이 전혀 없어 보이는, 좌석 깊숙이 엉덩이를 밀어 넣은 사람들과 함께 가야 하지. 입석 손잡이라도 넉넉하면 좋겠지만 손을 뻗어 잡을 만한 손잡이가 하나 남지 않았어. 게다가 이번엔 어디로 가는 것인지도 모르고 올라탔잖아. 운전기사가 내리라고 하면 두말없이 내려야 하는 버스. 잘한 거야. 그런 직장은 뒤돌아보지 않고 그만둬야 하는 거야. 진정 멋진 선택이야. 후회하지 않을 거야. 집으로 돌아오는 버스 안에서 득수는 생각했다. 나의 인생을 만들 거야. 다들 용기를 내라고. 내가 보란 듯이 보여줄게. 몇몇 동료들과 가졌던 송별회에서도 호기를 부렸다. 컨테이너 선박과 유조선에 들어가는 전기판넬을 생산하는 회사였다. 신규 수주가 없는 불황이라 회사에서도 그를 잡지 않았다. 득수는 서울로 올라왔다.

　득수가 선택한 것은 공무원 시험이었다. 어느 케이블 방송의 드라마에 나오는 '공시족'을 보고 결심했다. 서울로 올라오는 기차 안에서 득수는 핸드폰 메모장에 오랜만에 일기를 썼다. 첫 줄은 이랬다. 결국은 버스를 바꿔 타기 위해 줄을 선 것 아니냐고? 그래서 뭐? 적어도 이건 목적지가 어딘지 알고 타려는 거라고.

막 공부를 시작한 '공시족'이 그러하듯, 무엇을 들을지, 무엇을 할지 고민만 했다. 공부는 목표가 정해져야 시작하는 것이다. 먼저 자리 잡은 동기들을 찾아다니며 밥과 술을 얻어먹고 대신 그들의 무용담을 들어 주는 것으로 하루를 채웠다. 득수의 첫 한 달은 그랬다.

그날도 그런 날 중의 하나, 그저 그런 금요일이었다. 범생이라는 비아냥거림을 들어가며 공무원 시험을 준비해서 졸업하는 해에 합격해버린, 그리고 같은 구청의 여자공무원과 결혼을 앞둔 대학 동기의 결혼 전 '한 잔 쏨'을 맞고 돌아오던 날이었다. 녀석이 듣고 싶어 하는 찬사와 부러움, 칭찬의 말을 쏟아내 주었다. 이미 한 달 동안 익히 해오던 일이었다. 어색하지도 넘치지도 않았다. 대가로 얻은 것은 얼마간의 날들을 버틸 수 있는 영양과 막막해진 현실을 넘어 호기로운 미래로 안내하는 알코올이었다. 친구들의 격려와 알코올의 부추김이 있었다. 내년에는 내가 취, 직, 턱을 쏜다. 내가 쏠 거라고. 득수는 큰소리를 쳤다.

녀석에게 '잘 가.'라는 인사를 건네려고 할 때, 녀석이 득수에게 허름한 스포츠 가방 하나를 건넸다. 내가 소중이 여기던 것들이다. 내 오랜 수험기간의 동반자들이지. 다른 녀석들이야 벌써 장가를 갔거나 사귀는 여자가 있으니 필요 없을 것이고. 다른 데 눈 돌리지 말고 열심히 공부해라. 공부하다가 딴생각 나면 이것들이나 보고, 보고 나서 졸리면 한숨 자고, 일어나서 또 공부하고 그래라. 난 이것들 덕분에 합격했다. 굿 럭!

금요일 저녁 고시촌으로 돌아가는 지하철 안은 복잡했다. 더웠다. 거기다 알코올까지. 사타구니가 가려웠다. 수 년 전부터 득수는 완선으로 고생하고 있었다. 늦가을부터 초봄까지의 쌀쌀한 계절이 지나면 불면의 밤이 시작되었다. 사타구니부터 고환 아래까지, 엉덩이 뒤까지 돌아나가는 가려움은 손가락을 불렀다. 손가락은 간지러움만 쫓아낸 것이 아니었다. 이불을 벗기듯 잠을 벗겨버렸다. 잠이 나가버린 여름밤. 쫓아낸 줄 알았던 가려움은 전열을 가다듬어 다시 돌아왔고, 손톱 아래에 끼인 핏빛 진물이 검게 변할 때까지 득수를 괴롭혔다. 그리고 나서야 아침이 왔고, 지친 득수와 지친 가려움과 지친 손가락이 서로를 토닥이며 잠자리에 들었다.

긁었다. 분명 득수는 자신의 사타구니를 긁었는데 앞에 있던 아주머니가 뒤를 돌아봤다. 뭐 어쩌라고. 아주머니가 왜 자기를 쳐다보는지 알 수가 없었다. 술 냄새가 나나? 금요일 저녁에 술 냄새 나는 게 어때서. 아, 가려워. 득수가 다시 사타구니를 긁었을 때 그 아주머니가 몸을 돌려 득수와 마주 섰다. 지금 뭐 하는 거야. 젊은 사람이 왜 내 엉덩이를 더듬어? 복잡한 지하철 안이었음에도 사람들은 득수와 아주머니를 가운데 두고 뒤로 물러났다. 한 걸음 정도 공간이 생겼다. 그 공간 밖에는 사람들, 득수를 노려보거나 불쌍하게 쳐다보는 눈길들이 둘러 서 있었다. 무슨 소리예요? 내가 언제 아줌마 엉덩이를 주물렀다고? 대답하는 순간 공간은 사라졌고 눈길들은 주먹과 발이 되었다. 곧 지하철 문이 열렸고 득수는 현행범이 되어 끌려갔다.

그때까지만 해도 득수는 정신이 있었다. 이것은 오해다. 나는 설명을 할 수 있다. 곧 오해가 풀리고 나는 아줌마로부터, 사람들로부터 사과를 받을 것이다. 그러면 용서해야겠지. 그럴 수도 있지요. 지하철에서 사타구니를 긁은 내가 잘못이지요. 이렇게 말할 수 있을 것이라 생각했다. 그러나 지하철 수사대가 직업을 묻고 득수가 '공무원 시험 준비 중'이라 대답했을 때, 허름한 스포츠 가방에서 쏟아져 나온 CD를 넣은 컴퓨터에서 야릇한 신음소리가 흘러나왔을 때, 벌거벗은 남녀가 화면에 떠올랐을 때 득수의 정신은 어디론가 사라져버렸고 육체는 결박되어 유치장으로 옮겨졌다. 확신에 찬 공권력은 한 치의 망설임 없이 자신의 의지대로 득수를 구속시켰다.

오전 열 시, 체육시간이다. 하루 한 번 해를 볼 수 있는 시간이다. 이럴 때 조금이라도 움직여야 해. 4589번이 득수의 손을 잡고 나갔다. 농구 코트 하나 정도의 공간에 한 동의 수형자들이 모여 있었다. 그들은 운동장이라 불렀다. 운동장 안은 적어도 하나 이상의 문신을 가진 자들의 것이었다. 문신은 클럽에 들어갈 수 있는 입장권과 같았다. 문신이 없는 사람들은 줄을 지어 운동장 주위를 천천히 걸었다. 문신들의 우유팩 축구를 구경하거나, 응원하거나, 이야기를 나누거나.

— 그런데, 우리 방에 스님은 왜 와 있는 거예요?

4589에게 득수가 물었다.

— 스님? 아, 그 행님. 스님 아니야. 행님이지. 스님이라 불러주면 진짜 좋아하지.

— 스님 아니에요? 새벽마다 독경을 하시던데.

— 사형수다. 지금 대법원에 올라가 있는데 사형으로 확정될 가능성이 높다 하데. 죄질이 나쁘단다. 지금 확정 선고를 기다리고 있다. 기댈 곳이 별로 없지. 1심 선고 받고부터 머리 깎고 중 흉내를 낸다. 여기 안에 들어오면 보통 교회를 나가거나 성당에 다니는데 그 행님은 뜬금없이 부처님을 찾았다 카데. 하여튼 내가 들어오기 전부터 우리 방에 있었다 아이가. 짬밥도 있고, 또 사형수니까 대접해주는 거다. 염불하는 것 한 번 잘 들어봐라. 완전 엉터리다. 그래도 우짜겠노. 들어줘야지.

오른쪽으로 돌던 행렬이 멈췄다. 득수는 멈칫했지만, 4589는 익숙한 듯 뒤로 돌아섰다. 행렬은 다시 왼쪽으로 돌기 시작했다.

  ― 대접이라니요?

  ― 언제 죽을지 모르니까. 먹을 것도 좀 넉넉하게 주는 편이고. 염불 소리뿐이겠나? 매일 아침 머리 깎는 면도기 소리도 만만치 않다. 그래도 모두 참아준다 아이가. 설거지부터 청소까지 손가락 하나 까딱 안 한다. 더 웃긴 이야기 해주까. 일주일에 한 번 목욕하는데 웃기지도 않다.

  ― 뭔데요?

  ― 목욕탕에 가면 작은 탕이 하나 따로 있거든. 거기다가 우유 세 팩 정도 풀어서 말로만 듣던 '우유 목욕'이란 걸 한다. 죽을 때 몸 때깔이 좋아야 한다면서. 죽을 짓을 해놓고 호강은 지가 다 누리는 거지.

  ― 왜 사형입니까?

  ― 사형 받을 만한 나쁜 짓이 뭐가 있겠노. 살인이지.

  ― 살인요?

  ― 마누라하고 친구하고 바람이 났다 카데. 그래가, 찾아가가. 마누라 보는 앞에서 친구 죽이고 그 다음에 마누라를. 남녀 문제, 이기 이기 젤로 복잡한 기라.

— 어이, 싸고빨구, 너거 방에 신입 들어왔다면서.

우유팩 축구를 하던 수형자 하나가 4589에게 다가와서 시비를 걸었다.

— 씨발, 그렇게 부르지 마라니까.

— 뭐, 씨발? 이기 미쳤나.

— 사오팔구. 이렇게 불러라 안하나.

— 내 부르고 싶은 대로 부를 끼다. 싸고빨구.

4589는 발끈했지만, 말로만 대들 뿐이었다.

— 어이, 니가 신입이가? 신입, 니도 조심해라. 싸고빨구. 저거 이상한 놈이다. 딸 따먹다가 마누라한테 걸려서 들어온 놈이다. 저거. 인간 아니다. 점마하고 붙어서 이야기하지 마라. 똑같은 취급당한다. 딱 보면 모르나. 점마, 여기서 왕따다.

— 그게 아니라니까. 그 년은 내 딸이 아니고, 마누라가 데리고 들어온 아라니까. 내캉 피 한 방울도 안 섞인.

— 이 새끼가 또 말을 좃같이 하네. 그게 변명이 되냐. 결혼했으면 니 딸인 거지. 그라고 중딩이라메. 중딩한테 그런 짓을 해. 니가 인간이가. 이 새끼, 니, 이리 와. 오늘 좀 맞자.

4589는 멱살을 잡힌 채 운동장 중앙으로 끌려들어갔다. 문신들이 그를 둘러쌌고, 4589는 변변한 저항 한번 해보지 못하고 두들겨 맞았다. 아무도 말리지 않았다. 문신들이 겁났기 때문이기도 했지만 그것보다는 4589가 맞아도 싸다고 생각하는 것 같았다. 득수 역시 그가 응징을 받는 것은 당연한 일이라 여겼지만, 자신이 왜 이런 곳에 있는지를 생각하니 더욱 혼란스러웠다. 왜 내가 이 사람들과 같이 있어야 하는 거지. 내가 무슨 잘못을 했다고.

잠시 후 교도관들이 달려왔다. 문신들은 여전히 축구를 하고 있었고, 4589는 입술이 터지고 입과 코에 피가 흥건한 채로 운동장 한 구석에 누워 있었다.

— 야, 야. 4589번, 4589번. 정신 차려. 얘, 왜 이래?

— 몰라요. 아까 축구 끼워 달라면서 달려 들어오다가 저 턱에 걸려 넘어지더라고요. 숨은 쉬는 것 같던데.

문신들 중 하나가 말했다.

— 그러면 그때 알렸어야지. 왜 가만있었어.

— 뭐 예쁘다고 알립니까. 안 죽었으면 됐지.

4589번은 의무동으로 실려 갔다. 앞니 두 개가 사라졌고 코뼈가 부러졌다. 치료 후 돌려보내려 하자 죽어도 그곳으로는 돌아가지 않겠다고 난리를 부렸다. 결국 그날의 일이 알려졌고 4589번은 멀리 다른 곳으로 옮겨갔다. 4589번을 옮기는 것으로 일은 마무리가 되었다. 얻어맞고 다치기는 했지만 그 대가는 나쁘지 않았다.

사람은 생각보다 적응을 잘 한다. 호모 어댑터쿠스. 독경 소리를 알람 삼아 일어나 양동이에 물을 받고 밥과 반찬을 타오고 능수능란하게 화장실을 청소하고 있는 자신을 보며 득수는 호모 어댑터쿠스라는 단어를 만들었다. 하지만, 구치소의 생활에 적응 할수록 밖으로 나가고 싶은 득수의 욕구도 커져갔다. 자신이 호모 어댑터쿠스가 되어가는 것이 두려웠고, 어느 순간엔가 스스로를 범죄자로 인정하고 있는 자신의 모습에 소스라치게 놀라기도 했다.

4589가 나간 자리에 절도용의자 한 명이 들어왔다. 득수의 후임이기는 했지만, 득수보다 나이가 많았다. 오십. 일을 넘길 수 없었다. 득수는 하던 대로 막내의 일을 했다. 방에 있는 누구도 그것에 신경을 쓰지 않았다. 자기만 불편하지 않으면 굳이 신경 쓸 일이 아니었다. 스님만은 달랐다. 득수를 '된 사람'이라며 칭찬했다. 어깨에 손을 얹으며 좋은 일이 생길 것이라 덕담을 했다. 좋은 일은 그가 바라던 것이었다. 그는 매일 아침 독경을 하며 삶을 빌었다.

우유 목욕을 구경했다. 작은 탕에 우유 세 팩을 쏟아붓고 몸을 담그는 그를 보았다. 문신들도 그 앞에서는 문신을 펴지 않았다. 중이라는 말이 더 익숙할 그들이 이곳에서는 그를 스님이라 깍듯이 부르고 있었다. 간혹 비밀스러운 경로로 들어오는 담배나 술이 생기는 날이면 그들 방으로 스님을 모셔갔다. 교도관들이 모르고 있었을까. 사형수에게는 모든 것이 허용되었다. 죽음마저 허용된 사람이 아닌가.

스님과 한 방에 있다는 것은 특별한 혜택을 뜻했다. 굳이 조르지 않아도 적당히 초과된 밥과 반찬이 제공되었고, 가끔씩 문신들이 군 것질거리들을 가져다주기도 했다. 나는 생각이 없다. 니들이나 먹어라. 감사합니다, 잘 먹겠습니다. 방 안 사람들은 스님에게 인사를 하고 나눠먹었다. 그럴 때마다 득수는 벽을 마주하고 앉아 빙긋이 웃는 그의 얼굴을 볼 수 있었다. 때가 되면 소장이 찾아와 불편한 것은 없는지, 필요한 것은 없는지 물었다. 소멸이 예정된 생명에 대한 예의였다. 그는 살인자로 이곳에 왔으나 이곳에서 그는, 그의 생명은 존중받고 있었다. 그는 그것을 즐겼다. 당연히 주어지던 것이 주어지지 않으면 그는 분노했고 요구했다. 선의를 베풀던 사람들은 당황했으나 이내 이해했다. 그는 무엇이든 배려받고 요구할 수 있는 사형수였다.

아버지가 면회를 왔다. 네놈 이름을 지을 때 욕심부리지 말라고, 얻는 만큼 내어놓아야 하는 세상이라고, 얻을 득得 자에 줄 수授 자를 붙여 지었는데. 내가 이름을 잘못 지었나 보다. 어찌 너는 얻는 것 하나 없는 인생을 사냐. 이럴 줄 알았으면 이름을 득득이라 할 것을.

아버지는 한숨을 쉬셨다. 변호사를 붙이겠다는 것을 나는 결백하다고, 곧 풀려날 것이니 쓸데없이 돈 쓰지 마시라, 득수는 아버지를 말렸다. 득수는 국선변호사로도 충분할 것이라 생각했다. 검찰에 세 번 불려갔고, 국선 변호인은 두 번 찾아왔다. 국선 변호인은 득수에게 성폭행이 아닌 성추행이니 인정할 것은 인정하고 넘어가자고 했다. 검찰 수사관은 득수가 뉘우치는 자세만 보이면 집행유예 정도로 정리해보겠다고 했다. 집행유예로 일단 출소하고, 나와서 성폭력 예방 교육 몇 시간 받고 사회봉사 몇 시간 하는 것으로 마무리하자는 이야기였다. 그럴 때마다 득수는 화를 내었다. 성추행으로 인정하라는 이야기를 들을 때마다 4589번이 떠올랐다. 그럴 수는 없었다.

가방에서 나온 야동 CD가 더 큰 문제였다. 음란물 소지죄만이 아니었다. 수십 장이었다. 검사는 득수가 음란물 판매를 한 것은 아닌지에 대해서 물었다. 뿐만 아니라 그 CD들 중 일부는 대상이 아동인 것도 있었다. 안 한 것은 '끝까지' 안 한 것이야. 혹시라도 사탕발림에 넘어가 안 한 것을 했다고 하면 안 돼. 방에서는 신신당부를 했다. 인정하는 순간 모든 것이 엮여져 넘어올 것이라고. 결국 득수는 검찰 수사관에게 야동 CD를 넘겨준 친구 이야기를 했다. 숨기고 싶었지만 어쩔 수 없었다. 성추행범이 문제가 아니었다.

국선 변호인에게는 완선에 대해서 다시 한 번 강조했다. 국선 변호인은 기가 차다는 듯 헛웃음을 지었다. 그래도 득수가 다녔다는 피부과를 찾아가서 원장들을 만나보겠다는 이야기를 했다. 득수의 억울함을 이해해주는 것 같았다. 득수는 그가 고마웠다.

득수의 친구가 검찰 조사를 받았다. 야동 CD를 준 것을 부인하지 않았다. 학창시절부터 모아온 것들을 버리기 아까워서 득수에게 주었다고 말했다. 화를 내거나 득수를 원망하지도 않았다. 그저 '하필 그날.'이라고 했다. 하필 그날 득수가 그런 짓을 한 것이라고. '절대 그런 짓을 할 놈이 아닙니다.'라는 말 따위는 하지 않았다. 검찰 수사관이 묻지 않았으니까. 다만 '득수가 비록 지금 지하철 성추행범으로 구속되어 있지만, 학창시절에는 건전하고 착한 학생이었습니다.' 하고 덧붙여 진술했다. 검찰 수사관이 묻지 않았음에도. 그는 그렇게 하는 것이 친구로서의 의리라고 생각한듯했다. 득수는 음란물 판매 혹은 소지의 혐의를 벗어났다. 친구는 기소되지 않았다. 모두에게 좋은 결과였다. 이제 남아 있는 혐의는 '성추행'에 관한 것뿐이었다.

몇 번의 공판이 있었다. 사실 확인과 증언들이 지나갔다. 피해자인 아주머니가 엉덩이의 감각으로 손가락과 손바닥, 손등을 구별할 수 있는지에 대해 검사와 변호사의 논쟁이 있었다. 실험으로 확인해보자고 둘이서 합의했다가 판사와 피해자로부터 실컷 욕을 들었다. 변호사는 피부과의 진료기록과 처방전을 증거로 제시했다. 완선으로 인한 가려움 때문에 사타구니를 긁은 것뿐이라고 끊임없이 주장했다. 사실이었고, 그것 외에는 설명할 수 있는 말이 없었다. 어설프게 잘못했다고, 반성한다고 말하고 넘어 갈 수는 없었다.

판사는 진지했다. 사타구니의 완선 때문이었다고 말하는 피고와 변호인의 이야기를 끝까지 들어주었다. 가끔은 고개를 끄덕이기도 했다.

— 피고는 사타구니의 완선 때문이라는 허황되고 말도 안 되는 변명을 늘어놓고 있습니다. 반성의 기색이 보이지 않음으로 관용을 베풀 여지가 없습니다.

검사가 말을 했을 때였다.

판사가 검사에게 물었다.

— 검사, 검사는 완선 걸려본 적 있습니까?

— 네?

— 완선이든 뭐든 사타구니에 피부질환이 생겨서 치료받거나 고생해본 적 있습니까?

— 아닙니다, 없습니다.

— 그러면 말도 안 되는 변명이라고 하면 안 되지요. 얼마나 가렵고 힘든 일인지 검사는 모르잖아요. 알아요?

— 아니, 그건 잘 모릅니다.

— 그러니까, 자기가 안 겪어본 것을 함부로 말하지 말란 말입니다.

— 네. 제 말씀은 그게 아니고.

— 그것이든 아니든. 내 말이 무슨 말인지 모르겠습니까?

— 아닙니다. 알겠습니다.

— 지금 아는 표정이 아니잖아요. 완선에 걸려본 적 있냐고. 가려워서 밤새 잠을 못 자 본 적 있냐고.

— 판사님, 제 말씀은 그런 뜻이 아니고.

— 오늘은 여기까지만 합니다. 다시 일정을 잡아야겠어요. 오늘은 이상. 그만하도록 하겠습니다.

득수는 두꺼운 법복을 입고 의자에 앉아 책상 아래로 사타구니를 긁고 있는 판사를 상상했다. 판사의 얼굴을 보며 언젠가 어느 피부과에서 마주친 것 같다는 생각도 언뜻 들었다. 판사의 사타구니에 있을 완선에게 감사했다.

선고를 앞두고 득수의 방에 일이 생겼다. 스님이 무기징역형으로 확정 선고를 받은 것이었다. 스님은 사형수에서 무기징역수가 되었다. 구치소장과 교도관들의 축하가 있었다. 문신들이 찾아와 인사를 하고 갔고, 덕분에 그날은 득수도 오랜만에 담배를 한 대 피울 수 있었다. 방에서 담배 연기가 모락모락 올라왔으나 교도관들은 방 쪽으로 발걸음하지 않았다. 스님이 베푼 자비였다.

그날은 독경을 들은 마지막 날이었다. 무기징역형이 확정된 다음 날 스님은 새벽에 일어나 독경을 준비했다. 사형에서 무기징역으로 형이 줄어든 것이 부처님이 내려주신 복이라 생각했다. 더욱 감사하고 수행해야겠다고 다짐하는 새벽이었다. 그가 첫 목탁을 두드린 순간이었다. 옆방에서 소리가 들려왔다. 아이고, 행님, 이제 고만하소. 이제 죽을 일도 없는데, 우리도 좀 살아야지. 좀. 이게 뭐 하는 짓이고. 그는 꿋꿋하게 마아하반야 소리를 냈지만 목탁 소리는 흔들렸다. 그때 구치소 여기저기서 더 큰 소리가 들려왔다. '고만하소.'가 신호였던 것처럼. 거참, 고만하시라니까 말 안 들으시네. 좀 잡시다. 이제 할 만큼 했으니. 혼자 사는 세상 아니잖아. 니미. 지가 진짜 중인 줄 아나.

더 이상 스님은 우유 목욕을 하지 못했다. 스님이 쓰던 작은 목욕탕에는 문신 한 명이 들어가 있었다. 스님처럼 우유를 물에 풀어놓고. 문신이 올려다보며 말했다.

— 행님, 그동안 이 좋은 것을 혼자 하고 있었네예. 이제 나도 좀 합시다. 이거 너무너무 좋네.

— 행님이라니.

— 그라모 뭐라고 불러줄까요. 이제 '스님'이라고는 못 부르겠는데요. 이 땡중 새끼야.

— 뭐라고? 땡중? 새끼?

스님의 팔과 입술이 떨렸다.

— 그동안 사형수라고 좀 봐줬지만, 이제는 아니잖아. 그니까 니도 정신 차리시고. 니가 무슨 스님이고? 살인범이지. 번호가 2092니 '이 땡중이'라고 불러줄까.

— 그거 좋은데요, 행님. 우리도 '이땡중이'라고 불러도 되겠습니까? 행님.

옆에 있던 문신들이 그를 둘러싸고 비아냥거렸다.

우유목욕과 염불은 시작이었다. 이어 밥과 부식의 배식양이 줄었다. 정확히 말하자면 규정대로 돌아간 것이었다. 혜택이 사라지니 같은 방 안에서도 볼멘소리가 흘러나왔다. 그는 자신의 이부자리를 스스로 정리해야 했다. 그가 혼자 차지하던 책상도 모두의 소유가 되었다. 그의 부처님 사진은 구석으로 밀려났다. 생명을 얻음과 동시에 특권이 사라졌다. 아침마다 전기면도기로 다듬던 머리도 더 이상 깎지 않았다. 한동안 체육시간에도 나가지 않았다. 문신들이 두려워서일 수도 있고, 변화된 자신의 상황을 인정하지 못했을 수도 있다. 그렇게 2주가 지나고 그가 운동장에 나왔다. 문신들이 잠깐 멈칫했으나 아무 일도 없었다. 이미 그는 문신들의 관심대상이 아니었다.

피고 권득수의 진술이 일관되고 그의 진술을 뒷받침하는 증인들의 진술과 증거자료의 증거능력이 인정된다. 그에 반하여 피해자의 진술은 일관되지 못하다. 사건이 벌어진 상황을 추정컨대 피해자가 거짓을 말하는 것은 아니나 그렇다고 피고가 명시된 범죄행위를 했다고 특정할 수 없다. 이에 본 법정은 피고 권득수에게 무죄를 선고한다. 국가는 그동안의 구속 상태로 인해 피고인이 입은 고통 및 경제적 손실에 대해 보상해야 한다. 또한 이 법정에서 판단할 문제는 아니지만 피해자가 고의로 피고인의 범죄를 특정한 것이 아니므로 무고의 죄에 해당한다고 볼 수는 없다.

무죄. 판사의 입에서 나온 선고는 무죄였다. 무엇보다도 고마운 것은 판사의 완선이었다. 기회가 주어진다면 득수는 판사와 판사의 완선에 고마움을 표하고 싶었다. 덧붙여, 몇몇 피부과는 스테로이드를 많이 쓰니 가지 마시라는 말까지. 그리고 몇몇 유명한 약국의 약은 부작용이 크다는 말도.

득수가 구치소로 돌아와 모두로부터 축하를 받으며 석방을 기다리고 있을 때, 더 이상 다듬지 않아 삭발도 아닌, 스포츠머리도 아닌 어중간한 머리카락을 손으로 더듬던 2092번이 물었다.

— 니 완선 있는 것 맞나? 이번 여름 같이 있으면서 쭉 보았지만 사타구니를 긁는 모습은 한 번도 본 적이 없는데.

그 말은 들은 모두 곰곰이 기억을 되살려보았다. 방에 있던 누구도 득수가 사타구니를 긁는 것을 본 적이 없었다. 득수 또한 사타구니를 긁은 기억이 나지 않았다. 몇 군데의 피부과를 돌아다니고, 좋다는 약을 몇 가지나 써보았지만 낫지 않던 완선이고 가려움이었다. 2092번이 이어 말했다.

— 좋아졌네. 좋아졌어. 치료비 좀 들었구먼.

사자들

[세렝게티에 한가로운 오후가 찾아왔습니다. 아프리카 물소와 누의 무리는 서로 구별하지 않습니다. 한가로이 풀을 뜯습니다. 한편에는 사자의 무리가 있습니다. 사자 무리는 지난 건기에 새로운 수컷을 받아들였습니다. 암컷은 무리와 자식들을 보호하기 위해 수컷이 필요합니다. 강한 수컷이 그들의 수컷이 됩니다. 대신 그들은 수컷에게 그들 자신과 식량을 제공합니다. 수컷의 목표는 오로지 암컷입니다. 성적인 욕구가 아닙니다, 생존에 관한 이야기입니다. 수컷은 사냥에 익숙하지 않습니다. 풍성한 갈기와 큰 덩치는 그의 자랑이지만 사냥에는 도움이 되지 못합니다. 물소와 누의 무리가 그를 발견하기에 아주 좋은 조건입니다. 수사자가 혼자 할 수 있는 것은 늙고 병든 물소

를 사냥하거나 타조의 알을 훔쳐 먹는 정도입니다. 수컷에게는 무리, 특히 암컷이 중요합니다.]

　오후 두 시. 카운터에 앉아 유튜브를 본다. 세렝게티의 사자. 아프리카를 동경하거나 다큐멘터리를 좋아하는 것은 아니다. 극단의 가을 정기 공연에서 '지나가는 사자1'을 맡았다. 맡은 배역에 대해서 연구를 하란 말이야. 대사 한 마디 없다고 실망하지 말고. 걷는 모습이라든지, 하품하는 모습이라든지. 누가 보더라도 저것은 사자다, 라고 착각할 수 있도록 해보란 말이야. 엊저녁 연습 때 연출이 했던 충고를 무시할 수 없다. '지나가는 사자1'에게 충고를 해주는 연출을 만나는 것은 흔한 경험이 아니다. 출근하자마자 '사자' 검색부터 했다.

　책방 안은 덥다. 텔레비전에서, 라디오에서도, 심지어 프로야구 중계 채널에서조차 미세먼지가 어쩌고저쩌고. 창문을 꽁꽁 닫아놓을 수밖에 없다. 에어컨을 틀기에는 이른 유월. 손님이 많지 않은 동네 책방이다. 전기세 한 푼이라도 아껴야지. 주인아주머니는 신신당부를 하고 나갔다. 졸리다. 잠깐이라도 엎드려 눈을 붙이면 좋겠지만 그럴 수 없다. 수요일 오후 두 시, 동네 책방에 손님이 세 명이나 있다.

스판 추리닝 바지에 라운드 면 티셔츠를 입고 있는 저 아저씨는 나흘째 연이어 책방 문을 열었다. 점심시간이 지날 무렵, 작은 노트와 볼펜 하나를 들고 들어와 저녁까지 테이블에 앉아 책을 뒤적인다. 유자차 따뜻하게, 한 잔을 시키지 않았다면 눈치를 줬을 것이다. 서로 얼굴을 붉혔겠지. 다행히 그 정도 염치는 있는 사람이다. 나흘 동안 그가 읽은 책들의 제목은 『나이 50, 세상에서 살아남기』, 『단돈 1억으로 사장님 되기』다. 정년퇴직을 했든 명예퇴직을 했든 직장을 그만두었다. 무엇을 하고 살아갈지 고민 중인 사람이다. '무엇을 하고'보다는 '무엇으로 혹은 무얼 먹고'가 더 옳은 표현일 수도 있겠다. 이 년이 지나면 아버지도 저 자리에 있겠지. 이 년. 아버지에게는 남은 시간이고, 내게는 주어진 시간이다. 이 년 안에 취직을 해야 한다. 극단에서 맡은 '지나가는 사자1' 따위로는 해결이 되지 않는 문제다. 나도 안다.

은색 양복을 아래위로 맞추어 입은, 서류가방을 든 저 사람은 영업사원이 분명하다. 수요일 오후 두 시에 책방에서 시간을 보낼 수 있다는 것은 그가 영업사원이며, 딱히 찾아갈 만한 고객이 없으며 이번 달 실적도 좋지 않다는 뜻이다. 스판 추리닝의 과거쯤 될 것이다. 졸업을 앞둔 우리는 그들을 은갈치라 불렀다. 은갈치 떼. 학교를 졸업하고 어디든 취직을 하는 거다. 첫 월급이 나오기도 전에 양복을 사입는 거지. 은색 양복. 이제 막 내리쬐기 시작하는 봄 햇살에 반짝이는 은색 양복은 신입사원의 상징이다. '아무데나 취직하려면 언제든지 할 수 있지.'라는 근거 없는 자신감과 비아냥거림으로 그들을 은갈치라 불렀지만 부러웠다. 그가 읽고 있는 책은 『이직으로 월급 올리기』다. 좋겠다. 직장을 옮길 기회도 있고.

저 아줌마. 아줌마겠지. 수요일, 이 시간이면 나타난다. 책을 사지는 않는다. 이 근처에서 모임이 있는 모양이다. 학부모 모임은 아니다. 학부모 모임이라면 주로 학기 초에 모이지 않나. 저 아줌마가 나타난 것은 오월이다. 지금은 저학년 하교 시간이 지났고, 이곳은 근처에 학교가 없으니 학부모 모임은 절대 아니다. 요즘 유행하는 인문학 모임이거나 독서 모임 같은 것 아닐까. 달달한 연애 시집들을 집어 드는 것을 보면 그 모임의 취향도 알 듯하다. 저번 주는 무슨 책을 보고 있었지? 기억이 나지 않는다. 예술 칸 쪽에 있었나? 책 한 권을 들고 오랫동안 읽고 있은 적은 없다. 그냥 뒤적거림. 그래, 지난주는 예술서적 코너에서 서성였다. 몸에 꽉 끼는 청바지에 체 게바라 얼굴이 그려진 면 티셔츠를 입고 왔었다. 청바지의 탄력을 거스르는 처진 엉덩이가 부담스러웠다. 보고 싶어 보는 것이 아니라 눈에 한번 들어오니 자꾸 눈이 갔다. 몇 번을 힐끔거리다 아줌마와 눈이 마주쳤다. 나를 쳐다보는 것이 치한을 보는 듯했다. 기분이 좋지 않았다. 그날 아줌마는 새로 입고된 책을 정리하던 나를 그 엉덩이로 밀치고 밖으로 나갔다. 쾅, 책방 문이 닫히는 소리가 크게 났었다. 그래서인가? 오늘은 하늘거리는 주름치마를 입고 왔다.

저들은 책방을 도서관인 양 하고 있다. 쫓아낼 수도 없다.

문이 열린다. 누구지? 주인아주머니는 오늘 늦게 출근한다고 했다. 여섯 시까지는 오겠다 했으니 여섯 시 이십 분 정도는 되어야 올 것이다. 여자다. 젊은 여자. 이십대 중반. 분홍 돌핀 팬츠다. 흰 블라우스에 흰 운동화.

—책 좀 보고 가도 되지요?

—그럼요.

블라우스 단추 세 개가 열려 있다. 힐끗 보이는 검정 브라. B컵 정도. 분홍 돌핀 팬츠는 내 얼굴을 보고 물었고 나는 미처 분홍 돌핀 팬츠의 가슴에서 눈을 떼지 못한 채 대답했다. 분홍 돌핀 팬츠는 나를 아래위로 한 번 훑기고는 진열대로 갔다.

책방 안의 분위기가 묘해졌다. 스판 추리닝과 은갈치의 자리가 바뀌었다. 스판 추리닝의 수첩과 볼펜이 사라졌다. 스판 추리닝은 어느새 소설 코너 앞에 가서 섰다. 『어린 왕자』라니. 은갈치는 철학책을 들었다. 『촘스키-인간이란 어떤 존재인가』. 주름치마는 움직임이 없다. 시집 코너에 서서 핸드폰으로 뭔가를 하고 있다. 톡을 하고 있는 것일 수도 있고. 방금 벌어진 변화에 별 관심이 없는 듯하다. 분홍 돌핀 팬츠가 가서 멈춘 곳은 예술서적 코너다. 내가 앉아 있는 곳에서 정면으로 보이는 곳이다. 동네 책방에 무슨 예술서적 코너가? 이래 봬도 책방이다. 서점 이름이 그렇다. 이래봬도 책방. 큰 서점이면 예술서적을 미술, 음악, 건축, 영화 등으로 다시 나누어 진열하겠지만 여긴 동네 책방이다. 예술서적이라는 분류가 있는 것만 해도 성의를 다하는 거다.

분홍 돌핀 팬츠가 책을 집어 들고 책장 쪽으로 돌아 서 있는 동안 그녀의 뒷모습을 볼 수 있다. 일부러 힐끔거리지 않아도 된다. 흰 블라우스 속으로 검정 브라의 끈이 보인다. 좋다. 분홍 돌핀 팬츠의 뒷모습은 투샷으로 뽑아낸 커피보다 강력한 각성제다. 예전에 없던 긴장감과 기쁨으로 가득한 오후가 된다. 할렐루야. 주름치마와는 비교할 수 없는 탄력이 그녀의 팬츠에 가려져 있다. 탄력은 시각으로 판단하는 것이 아니다. 내 모든 감각과 상상이 그녀의 탄력을 알고 있다. 분홍 돌핀 팬츠가 무슨 책을 들었는지 궁금하지 않다. 한동안 저대로 서 있어주는 것. 좋은 일이다.

수요일, 흥분과 설렘으로 가득한 오후다. 분홍 돌핀 팬츠를 가운데 두고 왼쪽에는 스판 추리닝이, 오른쪽에는 은갈치가 비스듬히 몸을 돌려 섰다. 돌핀 팬츠는 책장을 보고 있고 스판 추리닝과 은갈치는 마주보고 있다. 어린 왕자와 촘스키를 들고. 주름치마는 여전히 핸드폰을 두드린다. 스판 추리닝이 움직였다. 책장 아래로 허리를 숙이다 그 자리에 앉아버렸다. 이런. 은갈치가 눈을 치켜뜬다. 손에 들고 있던 촘스키를 책장에 다시 꽂는다. 음, 음. 헛기침을 한다. 스판 추리닝은 쭈그려 앉아 일어날 줄 모른다. 은갈치가 자리를 바꾼다. 돌핀 팬츠를 지나 스판 추리닝과 돌핀 팬츠 사이에 자리를 잡았다. 돌핀 팬츠가 힐끗 그를 쳐다본다. 은갈치가 다리로 스판 추리닝을 밀어내는 사이 돌핀 팬츠가 이리로 오고 있다.

— 커피 한 잔 주세요. 아메리카노. 따뜻하게. 레귤러로요.

카운터 바로 앞 수필 코너에서 한 권을 뽑아 들고 테이블로 가 앉는다. 스판 추리닝과 은갈치는 아직 소설 칸 한쪽에 붙어 있다. 한 명은 앉은 채, 한 명은 그의 눈앞에 엉덩이를 들이댄 채. 돌핀 팬츠는 아메리카노 한잔과 함께 테이블에. 은갈치가 먼저 자리를 벗어났다. 한심하다는 듯 스판 추리닝을 내려다보던 은갈치가 카운터로 와 얼그레이를 주문했다. 잠시 후 스판 추리닝이 일어섰다. 은갈치와 돌핀 팬츠를 한 번 쳐다보고는 아메리카노를 주문했다. 스판 추리닝이 커피를 주문한 것은 처음이다. 항상 유자차나 생강차 같은 것을 주문했었는데. 유자차 잔에 남아 있는 유자는 어쩌고? 따뜻한 물을 부어 달라 매번 부탁하던 스판 추리닝이었다.

돌핀 팬츠는 어떤 책을 보았던 걸까. 예술서적 코너 앞으로 갔다. 이 코너를 찾는 사람은 많지 않다. 저기 약간 튀어 나온 채 꽂혀 있는 책. 그녀가 본 책이다. 『조선 회화를 빛낸 그림들』. 전공이 동양화인가? 아니다. 전공이 동양화면 이런 교양서적을 읽을 이유가 없다. 책을 펼쳐본다. 수묵화와 민화들. 언젠가 한번 읽어봐야지. 늘 생각만 한다.

책이 찢겨져 있다. 227, 228페이지. 한 장이 없다. 이게 무슨 일이지. 목차를 살펴본다. 화가의 이름은 전기. 매화서옥도, 라는 그림에 관한 부분이다.

—저기요.

—네?

한 손에는 커피를 들고 남은 한 손으로 책장을 넘기던 돌핀 팬츠가 올려보며 대답했다.

—좀 전에 이 책 보셨지요?

—네. 그런데, 왜요?

—책이 찢겨져 있네요.

—예?

능청스럽다. 정말 무슨 말인지 몰라서 물어보는 걸까. 책을 펼쳐 226페이지와 229페이지 사이 책이 찢긴 곳을 돌핀 팬츠의 눈앞에

들이밀었다.

— 책이 찢겨져 있다고요. 왜 이러셨냐고.

— 무슨 말이에요? 이걸 왜 보여주는 건데요. 저리 치워요.

— 아니 그 쪽이 책방에 들어와서 방금까지 이 책을 보고 있었잖아요. 우리 책방에서 이런 책 보는 사람은 잘 없거든요. 그런데 그 쪽이 이 책을 보고 난 뒤 책이 찢겨진 채 발견되었다는 것 아닙니까.

읽고 있던 수필집을 덮으며 돌핀 팬츠가 일어섰다. 의자가 뒤로 밀려나며 끼익, 소리가 났다. 나보다 키가 크다. 졌다. 이래서는 아무것도 할 수가 없다.

— 이 아저씨가 말을 이상하게 하시네. 이 책방에서 그 책을 보는 사람이 많은지 적은지 나는 모르겠고요. 저는 그 책을 찢은 적 없거든요. 내가 왜 책을 찢어요. 갖고 싶으면 사지. 이 책방 두 번 다시 못 오겠네. 가야겠네.

돌핀 팬츠는 당당했다. 이렇게 당당하게 나올 줄 몰랐다.

— 예? 어디를 간다는 겁니까. 못 갑니다, 책값 물어주고 가요. 경찰 부르기 전에.

책값을 물어달라니. 경찰을 부르다니. 너무 나갔다. 돌핀 팬츠가 나보다 키가 큰 탓이다.

— 뭐? 경찰? 보자보자 하니까 못하는 말이 없네. 나도 기분 나빠

서 못가겠어. 사과 받기 전에는 못 가.

어, 어. 돌핀 팬츠의 거친 말투에 말을 버벅거렸다. 이미 일은 커졌다. 스판 추리닝과 은갈치가 보고 있던 책을 덮었고 주름치마는 핸드폰을 덮었다. 돌핀 팬츠는 다시 의자에 앉았다.

— 이야. 이, 이런 걸 적반하장이라고 하거든요. 아저씨들 뭐 보신 것 없으세요?

스판 추리닝과 눈이 마주쳤다.

— 나야 책 본다고, 다른 사람 뭐 하는지 볼 틈이 있었나. 모르겠는데. 근데 이 아가씨가 설마 책을 찢었겠어. 그렇게 보이지 않는데, 뭔가 오해가 있는 것 아닌가. 거기 양복 입은 총각은 뭐 본 것 없는가?

스판 추리닝이 은갈치를 쳐다보았다.

— 저도 책만 봤지. 뭘 본 게 있어야지요.

돌핀 팬츠 양 옆에 붙어 서로 마주하던 그들이 아닌가. 이제 와 아무것도 보지 못했다니. 스판 추리닝이 고개를 돌려 나를 본다.

— 허허. 그걸 왜 우리보고 그래.

— 어르신은 아까 전부터 이 아가씨 옆에 서 있었잖아요. 앉았다 일어섰다. 열심히. 그런데 아무것도 못 보셨다고요?

— 뭐라고? 이 총각 그렇게 안 봤는데 말투가 왜 이래. 내가 왜 어르신이야. 내 나이가 얼만 줄 알고. 그리고 내가 언제 앉았다 일어섰

다 했어. 조용히 책만 보고 있었지. 안 그래 양복 입은 총각?

찻잔을 들어 얼그레이를 마시던 은갈치가 잔을 내려놓으며 말했다.

— 네? 저를 왜 끼우십니까. 저야말로 본 것이 아무것도 없다니까요. 아저씨가 제일 가까이 있었잖아요.

— 내가 제일 가까이 있었다고? 저 아가씨 들어오자마자 보던 책 집어넣고 뜬금없이 철학책을 집어 든 게 누군데.

— 나, 참. 나이 많으셔서 대접해드린다고 좋게 말씀드리는 건데 이러시면 안 되죠. 메모지랑 펜 가방에 집어넣었잖아요. 소설 들고 아가씨 옆에 섰잖아요. 어르신이. 그리고 짧은 팬츠 입은 아가씨 옆에 주저앉는 것은 도대체, 무슨 짓입니까. 어른이 되어가지고.

— 그, 그거, 그건 허리가 아파서 웅크린 건데.

스판 추리닝과 은갈치가 서로 말하는 사이 돌핀 팬츠가 자리에서 일어났다. 덮었던 수필집을 펼쳐 내 눈앞에서 이리저리 흔들어 보였다. 원래 있던 자리에 가져다 놓고 돌아왔다.

핸드폰을 덮은 채 보고만 있던 주름치마가 입을 열었다.

— 두 분 하시는 말씀이 참 안쓰럽네. 애 쓰시네. 알바 총각이야 그렇게 생각할 만도 하지요. 저 아가씨는 들어와서 저 책이 꽂혀 있던 자리에 계속 서 있었으니, 아가씨가 읽은 책이 찢겨져 있었다면 아가

씨를 먼저 의심하는 게 당연하고, 아저씨들 두 분은 저 아가씨가 들어오자마자 보던 책을 바꾸고 아가씨 양옆에서 힐끔거렸잖아요. 책은 한 장도 안 넘기시더구먼. 두 분 정말 아무것도 못 보셨어요? 그리고 아가씨는 정말로 책 안 찢었어요? 상황이 좀 그렇잖아.

— 상황이 뭐요? 상황이 어떤데요. 이 아줌마가 사람을 이상하게 만드시네. 안 한 것을 했다고 하란 말이에요?

— 없던 일로 하고 저 책을 그냥 아가씨가 사. 그러면 간단하게 해결되잖아.

— 예? 저 책을 제가 왜 사요? 전 저 책 필요 없어요.

— 그렇다고 알바 총각이 살 수는 없잖아. 어쩌자고? 계속 여기에 이러고 있자고?

— 암튼, 이 일, 어떻게든 해결해주셔야 합니다. 저 큰일 납니다.

나는 누구든 붙잡고 매달려야 했다. 돌핀 팬츠는 은갈치와 스판 추리닝을 돌아보며 두 팔을 반쯤 들었다. 당신들이 알지 않느냐? 다 보지 않았느냐? 내가 하지 않았다는 것을 왜 말해주지 않느냐? 알바생이 이상한 것 아니냐? 은갈치와 스판 추리닝은 고개를 돌리는 것으로 대답을 대신했다. 고개를 돌리다 나와 눈이 마주쳤고 둘 다 고개를 숙였다. 돌핀 팬츠는 대답 없는 은갈치와 스판 추리닝을 흘겼다. 잠시의 침묵이 있었다. 은갈치는 잔을 들어 남아 있던 차를 바닥까지 마셨고 돌핀 팬츠는 핸드폰을 열어 누군가와 문자를 주고받았다. 스판 추리닝은 바닥에 깔린 유자청을 차 숟가락으로 떠 먹었다. 조금 전 시켰던 아메리카노 커피를 잊은 듯했다. 주름치마가 제안을 했다.

— 음. 그러면 이렇게 하는 게 어때요. 한 명씩 돌아가면서 이 아가씨가 책방에 들어온 이후에 본 것들, 한 일들을 말해보는 거예요. 그러면 뭔가 나오지 않을까요. 꼭 아가씨가 그랬다는 증거도 없으니 서로 자기 자신의 알리바이를 말해보는 거예요.

스판 추리닝이 고개를 끄덕이며 결정을 하듯 말했다.

— 그럽시다. 그러면 양복 입은 총각부터 하지. 나이 어린 순으로.

— 거기서 나이가 왜 나옵니까. 떳떳한 순서라면 몰라도. 아무튼, 저 아가씨가 들어오던 그때 저는 다른 책 어떤 것을 읽을까 고민하던 중이었지요. 읽고 있던 책이 제목만 그럴듯하지 내용은 별로였거든요. 이직으로 월급 올리기가 쉽겠습니까? 알바생이 말한 것처럼 저 아가씨가 들어왔다고 갑자기 책을 바꾸거나 그런 것은 아니었습니다. 인문대 출신이라서 철학서적에 관심이 많습니다. 야스퍼스니 라깡이니 들뢰즈니, 그리고 촘스키. 유행이 지난 것이기는 하지만 이름만으로도 친근한 것들이라서 손을 대는 것이 부담스럽지 않거든요. 최근 촘스키의 신간이 나왔다는 이야기를 들은 적도 있었고요. 어쨌든 공교롭게도 저 아가씨 옆에 서 있게 되었지요. 정독을 하려던 게

아니라 대강의 내용을 보려던 것이라서 책에 집중을 하지는 않았습니다. 솔직히, 솔직하게 말해서 아가씨를 전혀 쳐다보지 않은 것은 아닙니다. 스타일이 좋으시잖아요. 남자라면 누구든 눈이 갈 만 하지요. 죄송한 말씀이지만 몸매도 좋으시고. 책이랑 아가씨랑 번갈아가면서 보고 있었던 것은 사실입니다. 제가 제약회사를 다니거든요. 맨날 나이 많은 원장들만 만나다보니 아가씨처럼 상큼한 상대를 보게 되면 왠지 기분이 좋아집니다. 아무튼 그렇게 아가씨랑 책이랑 번갈아서 보고 있는데, 저 아저씨가 갑자기 책을 찾는 척 하면서 앉아버리는 겁니다. 그건 아니지요. 짧은 팬츠를 입은, 서 있는 아가씨 옆에 주저앉아 뭘 하겠다는 겁니까. 그게 뭡니까?

— 그게 아니라니까. 총각. 그게 아니고.

— 아저씨, 일단 저 총각 이야기 다 듣고. 아저씨는 아저씨 차례가 되면 말씀하세요.

주름치마가 스판 추리닝의 말을 막았다.

— 나, 참.

— 그때 제가 그 사이에 끼어들었지요. 신사가 해야 할 일이라고 생각했습니다.

돌핀 팬츠가 은갈치와 눈을 맞추고 목례를 하였다. 진심어린 감사의 눈빛이었다.

— 그런 뒤에는 이 아저씨가 무엇을 하는지 신경 쓰느라 아가씨를 쳐다보지 못했습니다. 이렇게 다리를 앞뒤로 약간 벌려서 저 아저씨가 아가씨 다리를 못 쳐다보게 하려고 했지요. 한편으로는 아가씨가 제 마음을 알고 있는 것 같이 느껴졌습니다. 핸드폰 번호를 물어볼까 망설이던 중에 알바총각이 책이 찢어진 것을 발견한 겁니다.

돌핀 팬츠가 빙긋이 웃었다.

— 이제 아저씨 차례입니다.

— 흠, 흠. 내 나이 이제 오십 중반입니다. 자의 반, 타의 반으로 은퇴한 지 얼마 되지 않았습니다. 그래서, 알바 총각도 알겠지만 요즘 거의 매일 이곳을 방문하지요. 그냥 이대로 퇴직금이랑 연금을 까먹으면서 살 수는 없는 일이니까요. 뭐라도 해야겠다는 생각으로 창업과 재취업에 관련된 책을 보면서 정보를 얻는 중입니다. 우리 세대는 인터넷이나 뭐 그런 걸로 정보를 얻는 데 익숙하지 않거든. 오늘도 그런 매일 중의 하루였지요. 사실 똑같은 하루는 아니었지. 지난주에 이력서를 내었던 업체가 있었는데 오늘 아침 문자로 불합격 통보를 받았거든. 기분이 조금은 좋지 않은 하루이기 하지. 참, 내가 말을 놓더라도 이해해주길 바라요. 내가 제일 나이가 많은 것 같으니까 그 정도는 이해해주리라 믿어요. 하여튼 그래서 기분이 조금 좋지 않았어. 조금 전에도 그래서 말이 조금 심하게 나간 것이니 다들 이해

해주기 바랍니다. 아, 이러니 책이 눈에 들어오겠어. 재취업이나 창업 관련 책들도 모두 빛 좋은 개살구처럼 보이고 자기 자랑이나 하는 쓰레기 같은 글들로 보였으니까. '나는 이러이러해서 성공했다.'는 충고가 내 인생에 도움이 되는 일은 없잖아. 똑같은 인생은 없는 거니까. 그래서 이것저것 뒤적거리면서 짜증을 내던 중, 소설이나 하나 읽어볼까 하는 생각을 한 거지. 아까 총각이 이야기한 것처럼. 나도 익숙한 것에 먼저 손을 대어본 것뿐이야. 『어린왕자』. 내가 기억하는 마지막 소설이거든. 예전에는 사실 이해하기 힘들었어. 지금 보면 조금 이해가 되려나 싶어서 살펴보던 중이었어. 거 있잖아. 유명한 부분. 보아뱀이 코끼리를 삼키고 어쩌고. 그 부분을 막 읽던 중에 저 아가씨가 들어온 거야. 내가 좀 전에 말했듯이, 오늘은 한군데 집중할 수 없는 날이야. 그러니 아가씨한테 신경이 쓰이기는 했어. 하지만 맹세코, 다른 뜻이 있었던 건 아니라네.

— 아저씨 그러면 갑자기 왜 허리를 굽히고 앉아서 책을 본 겁니까. 아가씨 옆에서.

— 그냥 우연히 그렇게 된 거라니까. 다른 책을 찾다가.

— 그 소설 칸 밑은 사전이랑 대중음악대백과 같은 책들 이외에는 없거든요. 사전을 찾으려 하신 거라고요?

— 그건 이 총각 말이 맞네요. 책 찢어진 것과는 상관없지만 나이

도 드신 분이 너무하신 것 아니에요? 젊은 사람들 보기에 창피하지 않으세요. 대놓고 그렇게.

주름치마가 거들고 나섰다.

— 그게 아니라니까. 그 참.

— 누가 봐도 그렇다니까요. 아저씨가 앉아버리자마자 제가 제일 먼저 한 일이 그 아래쪽에 무슨 책이 있는지부터 살펴본 거거든요. 저도 오해하고 싶지는 않았거든요.

은갈치는 승기를 잡았다는 듯 몰아붙였다.

— 도대체 사람을 왜 이리 몰아세우는 거야. 아니라면 아닌 거지. 진실이 필요해? 알고 싶어? 내 말해주지. 내가 발기가 안 돼. 발기가. 퇴직한 이후로. 마누라랑 잠자리 못한지도 벌써 몇 달이야. 총각, 자네는 아직 젊고 팔팔해서 모르겠지만, 남자에게는 그것도 중요하거든. 뭘 하고 안하고가 아니라 내가 남자냐 그냥 사람이냐의 문제이니까. 그런데, 그런데 말이야. 소설을 읽으면서 저 아가씨를 우연히 보게 된 거지. 짧은 팬츠 사이로 보이는 다리에 내가 자극을 좀 받았어. 거기다가 단추가 다 풀어진 흰 블라우스에 검은색 브라자. 그렇게 자극을 받다 보니까, 미안하지만 발기가 된 거야. 처음에는 이상하다고 생각했지만 곧 부끄러워졌지. 조금 전에 아줌마가 말한 것처럼, 나이 들어서 이게 무슨 주책인가 싶기도 하고. 그래서 표 나지 않게 하

려고 주저앉은 거야. 일단 조금 가라앉히고 나서 자리를 옮기려고 했지. 그러는데 총각이 나와 아가씨 사이에 들어온 거야. 정말로 이상한 상황이 되어버렸지. 그때 진짜 기분이 나빴지만, 그냥 참았어. 어쩔 수 없으니까. 그렇게 생각할 수도 있겠다 싶어서. 이제 시원해? 이유를 들으니까 시원하냐고. 아가씨한테는 미안해요. 일부러 이상한 상상을 하거나 그런 것은 아니니, 오해하지 말기를 바라요. 그냥, 그냥 그리 된 거야. 미안해.

이런 엄숙함이란. 잠깐의 침묵 속에 분홍 돌핀 팬츠는 블라우스 단추를 세 개 다 채웠고, 팬츠 끝을 손으로 잡아 당겼다.

—음, 요즘 세상에 그게 말이 되요? 말도 생각도 조심하셔야지. 요즘 세상에. 아이고, 망측스러워라. 이래가지고서야 마음대로 옷도 못 입고 다니겠네. 아가씨, 아가씨는 잘못 없어. 그대로 있어. 답답하게 단추를 왜 채워?

주름치마는 돌핀 팬츠의 블라우스 단추를 풀려 했고 돌핀 팬츠는 블라우스 단추를 손으로 가리며 뒤로 물러났다.

—미안하다고 했잖소. 그 이상 뭘 하라는 겁니까. 나도 부끄러우니까 말 안 하려고 했던 것이고. 앞으로 조심할게요.

—흠흠. 조심하세요. 여차하면 크게 망신당해요. 미안하다는 사람한테 자꾸 뭐라 할 수도 없고. 자, 자, 하여튼 지금 우리 문제의 핵

심은 그게 아니니까. 다시 돌아와서 정리하자면 결국 아가씨가 책을 찢는 것은 아무도 못 본 거네.

주름치마가 상황을 정리했고 스판 추리닝은 고개를 끄덕였다. 스판 추리닝과 같이 고개를 끄덕이던 은갈치가 물었다.

— 지금 말씀하시는 아줌마는요?

— 나야, 알바 총각 앞에 계속 있었잖아. 핸드폰 보면서. 원래 여기서 잠깐 시간을 때우다가 요 밑에 커피숍에서 누구를 만나려고 했는데, 책방에 있는 동안에 그 약속이 깨져버렸네. 그래서 들어온 김에 조금 더 앉아 있었던 거야. 유월치고는 더운 날씨잖아. 그것도 오후 두세 시면. 여자들 햇빛 보는 것 싫어하거든. 그건 그렇고 내가 본 것은 조금 달라. 내가 주위의 변화에 조금 민감한 사람이거든. 저 아가씨가 들어올 즈음에 말이야. 약속이 깨져서 약간 짜증이 난 상태였어. 아가씨도 알겠지만, 여자가 한 번 밖에 나오려면 이것저것 준비해야 할 게 얼마나 많아. 그래서 이렇게 나왔는데 약속이 사라졌다고 하면 짜증나지. 나오기 전에 미리 말해줬으면 그냥 집에서 홈쇼핑이나 보든지, 드라마 재방송이나 보고 있었을 텐데. 여하튼 짜증이 살짝 난 상태에서 저 아가씨가 들어왔어. 음, 보자마자 이런 생각이 들었지. '젊어서 좋겠다. 나도 예전에는 저랬는데.' 저 패션은 아무나 소화할 수 있는 것이 아니니까. 그리고는 재빨리 두 남자의 표정을

봤어. 어떻게 하나 궁금했거든. 일단 아가씨가 들어오자 둘 다 표정이 싹 바뀌었어. 말 그대로 졸고 있던 수사자들이 갑자기 깨어난 것처럼. 기대하지 않았던 뜻밖의 암사자가 나타난 거니까. 축 늘어졌던 갈기가 바짝 세워지고, 몸을 부르르 떨고, 네 발을 딛고 일어서는 거지. 둘 다 갑자기 들고 있던 책을 덮더라고. 그리고는 부리나케 저 아가씨 옆으로 갔어. 사실 양복 입은 총각이 아가씨 오른쪽으로 가려고 했던 게 아니야. 왼쪽으로 가려고 했었어. 그런데 저 아저씨가 먼저 자리를 잡은 거야. 그때 둘이 한 번 눈빛이 오갔었는데. 둘 다 그 이야기는 안 하네. 하여튼, 그렇게 자연스레 자리가 정해졌어. 그 뒤로 내가 보기에는 두 사람은 거의 책을 읽지 않았어. 책장이 넘어가질 않더라고. 아마 아저씨는 코끼리를 삼킨 보아, 그 장면이 처음 책을 열었을 때 페이지일 거예요. 그리고는 장을 넘기는 것을 보지 못했거든요. 총각도 비슷했어. 거의 목차 부분에서 멈춰 있었지. 총각이 바라는 것은 총각이 무슨 책을 읽고 있는지를 아가씨가 알아봐주는 것이었어. 그랬을 거야. 아가씨의 눈높이까지 책을 낮추고, 제목을 보기 쉽게 이렇게 들고 있었지. 그러다가 돌발사태가 생겼어. 아저씨가 앞아버렸거든. 그 대목은 아저씨랑 총각이 사실을 말하는 것 같기는 하고. 그 이후로는 남자 둘만의 신경전이었지. 난 곧 싸우나 싶었어. 그러고 보니, 그때부터는 나도 이 두 남자에게 신경을 쓰느라 아가씨가 뭐 하는지는 보지 못했네.

돌핀 팬츠를 끝까지 보지 못한 것은 주름치마도 마찬가지였다. 두 남자 중 누구도 주름치마의 진술에 대해서 이의를 달지 않았다.

— 세 분 말씀을 들어보면 어르신이 앉고, 양복 입은 아저씨가 아가씨랑 어르신 사이에 서고 나서부터는 아가씨가 뭐 하는지 아무도 못 본 거네요.

— 그렇지.

— 네.

— 잠깐만요. 알바 아저씨는 계속 내가 뭘 했다고 의심하는 거예요? 아무도, 아무것도 보지 못했다는데.

— 책이 찢어진 것은 사실이니까요.

— 그 책이 언제부터 찢어져 있었는지 모르잖아요.

은갈치와 스판 추리닝을 바라보던 분홍 돌핀 팬츠와 나 사이에 다시 거친 말들이 오갔다. 누군가 CCTV는 없는지 물었다. CCTV는 당연히 없다. 맙소사! 책방에 CCTV라니!

— 동네 책방이라 조용하고, 또 동네 책방치고는 책 종류가 많아서 좋았는데, 이게 무슨 일이람. 자, 이 정도 했으면 내가 할 일은 한 것 같고, 햇살도 조금은 가라앉은 것 같으니까 나는 이만 갑니다.

주름치마는 할 만큼 했다는 듯, 적어도 자신만큼은 여기서 벗어나도 된다는 듯 말했다.

— 가시게요?

— 가야지, 내가 여기 더 있다고 답이 나올 것 같지는 않는데.

— 그러면 연락처라도 남겨 주시면. 혹시라도 증인이나 도움이 필요할지도 몰라서.

— 왜 일을 점점 크게 만들려고 해. 거기, 아가씨가 책 사고 끝내세요. 이런 일로 파출소까지 가서야 되겠어요? 총각, 펜 있어? 내 전화번호 적어줄게.

주름치마는 그렇게 나갔다. 잠깐, 아주 잠깐 시간이 정지한 듯했다. 무엇을 해야 할지 몰랐다. 누구하나 먼저 놓을 때까지 풀리지 않을 매듭 같았다. 지루했던 오후 두 시가, 긴장감으로 가득했던 오후 두 시가 머릿속을 지나갔다.

스판 추리닝이 사과의 뜻으로 차를 샀다. 무엇에 대한 사과인지 알 수 없었지만 나도 얻어먹었다. 사과는 매듭을 잘라내는 가위 같았다. 엉켜있던 매듭이 그냥 흘러내렸다. 나는 아메리카노를, 돌핀 팬츠는 청귤에이드를, 그리고 은갈치도 청귤에이드를 마셨다. 스판 추리닝은 그제야 기억이 났는지 아메리카노가 식었다며 툴툴거렸고 나는 새 아메리카노를 만들어 주었다. 물론 돈을 받지는 않았다. 스판 츄리닝은 중매를 서는 사람처럼 은갈치와 돌핀 팬츠를 앉혀 놓고 인생에 대한 몇 가지 쓰디쓴 교훈을 이야기했다. 은갈치와 돌핀 팬츠는 찻값을 대신할 정도만 고개를 끄덕였고 들었다.

은갈치가 그 책을 샀다. 책은 은갈치의 명함과 함께 돌핀 팬츠에게 전해졌다.

멈춰놓았던 다큐멘터리를 다시 틀었다. 저녁에 있을 연습에서 사자같이 걸어야 한다. 사자같이.

[수컷은 암컷들이 잡은 먹이로 배를 채우고, 힘이 나면 짝짓기를 합니다. 낮은 생존확률과 격렬한 싸움, 경쟁을 통해 얻어낸 지위를 마음껏 누리는 것입니다. 성인이 되고 난 후 이 시기를 위해서 그가 한 것은 단 두 개입니다, 다른 수컷과의 싸움에서 이기는 것, 암컷에게 신뢰를 주는 것. 밀려난 수컷은 빠른 걸음으로 무리의 영역 밖으로 나가야 합니다. 새로운 영역, 누군가의 영역에서 생존을 위해서 싸워야 할 테고. 그러다가 죽음을 맞이하게 됩니다. 그게 수사자의, 수컷의 운명입니다.]

그날 비가 왔다

녀석은 돌아오지 않았다. 도망칠 기회만 엿보았을지도 모른다. 설마 저 몸으로 어딜 가겠어, 하며 방심한 탓이다. 그렇게 맞고 그렇게 차였는데 묶어두기까지 해야겠어? 라는 동정 때문이다. 바닥에 엎드려 떨고 있는 녀석에게 사람들이 위로의 말을 건넸던 그날 밤, 녀석이 사라졌다. 비가 세차게 내렸던 날이었다.

— 야, 재복이. 뭐라도 해야 하는 것 아니야? 그냥 그렇게 앉아 있을 거야?

샤워를 끝내고 라커룸으로 나온 재복을 보며 관장이 말을 꺼냈다.

— 도망간 녀석을 어디 가서 찾겠습니까? 묶어두지 않은 것이 잘못이지요.

재복이 되물었다.

— 왜 그런 거야? 왜 비만 오면 그러는 거냐? 멀쩡한 녀석이.

관장은 티셔츠를 입고 있던 재복의 엉덩이를 툭 쳤다. 라커룸의 옷
장들 사이 의자에 앉아 재복을 올려보았다.

— 제가 뭘요?

— 다 들었다. 이번이 처음이 아니라면서. 비만 오면 챔피언을 두
들겨 팼다며.

처음이 아닌 것은 맞는 말이었다. 하지만 재복은 '비만 오면'이라
는 말은 듣고 싶지 않았다.

— 비가 와서 그런 것이 아니고요. 우연히 그렇게 된 겁니다. 개새
끼가 자꾸 쳐다보면서 대들잖아요. 히죽거리면서.

— 너, 그게 말이 된다고 생각하는 거냐?

그날 비가 왔다. 관장이 재복을 만난 그날, 관장은 관원 모집 전단
지를 붙이기 위해 학교 근처 골목들을 돌아다니고 있었다. 체육관을
연지 얼마 되지 않았고 관원이 많지 않은 탓에 재정이 넉넉하지 않았
다. 아침부터 직접 전단지를 들고 돌아다녔다. 전봇대는 왜 이리 많
은 거야. 방금 마주한 전봇대를 올려보는 순간 이마에 빗방울이 떨어
졌다. 아이씨, 아침부터 쎄빠지게 전단지를 붙였는데. 남아 있는 전

단지가 젖을까 가방을 앞으로 돌려 멨다. 학교 후문, 분식집을 막 지나치는데 왼쪽 구석에서 소리가 들렸다.

한 학생이 여럿에게 둘러싸여 있었다. 쌀쌀한 가을 날씨임에도 그 학생은 반팔 교복을 입고 있었다. 그나마도 작아서 마른 몸이 아니었다면 앞 단추를 잠그기도 힘들 것 같았고 팔이라도 올릴라치면 허리춤 맨살이 보일 정도였다. 둘러싼 학생들의 우산 사이로 하얀 연기가 피어올랐다. 담배 연기였다. 이 새끼, 미친 것 아니야? 겁도 없이 왜 대드는 거지? 씨발, 내가 뭐? 야, 야. 그냥 둬. 원래 그런 놈이야. 그냥 두긴 뭘 그냥 둬. 이 새끼 쳐다보는 눈 봐라, 이상하잖아. 절마 혼자인 것 맞지? 학생들의 말싸움은 곧 주먹다짐으로 이어졌다. 몇 번의 주먹과 발길질이 오갔다. 길에 흩어진 우산들과 바닥에 떨어진 담배꽁초 위로 학생들이 쓰러졌다. 몇몇은 빗물이 고인 작은 웅덩이에 머리를 박은 채 끙끙거렸고, 몇몇은 손으로 얼굴을 감쌌다. 손가락 사이로 붉은 피가 흘렀다. 반팔 교복은 쓰러진 학생을 깔고 앉아 주먹을 들어올렸다. 내리찍으려던 그때 관장이 반팔 교복의 팔을 잡았다.

이제 그만해. 됐어. 관장의 손을 뿌리친 반팔 교복은 관장의 말을 듣지 못한 것처럼 다시 주먹을 들어 올렸다. 관장이 반팔 교복의 양팔과 어깨를 감싸 안으며 말했다. 그만하라고. 아저씨가 뭔데. 관장은 반팔 교복을 일으켜 세웠다. 반팔 교복은 관장에게서 빠져나가려

했지만 힘으로 관장을 이길 수 없었다. 누가 오기 전에 빨리 가자.

트레이닝 복을 입고 가방을 앞으로 맨 스포츠머리의 어른 한 명과 반팔 교복은 그렇게 만났다. 반팔 교복은 체육관의 관원이 되었다.

재복은 그 일대에서 유명한 아이였다. 별명이 '비변새'였다. 비만 오면 변하는 새끼. 평소에는 그냥 불쌍한, 조용히 앉아 있는 아이지만, 비가 오는 날이면 학교든 골목이든 돌아다니며 마주치는 사람들을 향해 욕을 하거나 주먹질을 해댔다. 관장과 재복이 처음 만난 그날도 '잘나가던' 학생들 중 한 명과 재복의 눈이 우연히 마주친 날이었다. 재복은 상대가 몇 명인지 신경 쓰지 않았다.

아마 혼자 살고 있을걸요. 어릴 때 엄마가 집을 나갔다 들었어요. 아빠는 공사장에서 막노동을 했는데, 작년인가 죽었다 하더라고요. 자세한 것은 모르지만 자살했다고 소문이 났었어요. 자기가 오고 싶을 때만 학교에 오는데, 담임도 관심이 없어서 녀석이 오는지 안 오는지 잘 몰라요. 보통 비 오는 날은 학교에 잘 안 와요. 그나마 다행인 거죠. 관장님도 비 오는 날은 조심해야 할걸요. 비 오는 날에는 애가 눈빛이 변하거든요. 평소에는 조용하고 말도 별로 없는 녀석인데.

재복이와 같은 학교를 다니는 다른 관원이 해준 이야기였다.

다른 사정은 잘 모르지만 네 주먹이 제법 맵다는 것은 안다. 그날 봤거든. 나는 무엇이 되겠다, 마음먹은 것이 없다면 권투 선수가 되어보는 것은 어떠냐? 인기 많은 격투기들이 제법 있지만 그래도 격투의 기본은 권투다. 너에게 권투를 가르쳐볼 생각을 잠깐 해봤다.

재복의 사정을 들은 날 관장이 재복에게 이야기했다. 다행히 그날은 비가 오지 않았고, 재복은 고개를 끄덕였다.

체육관에 와서 지내는 것이 어떻겠냐. 집에 혼자 있으면 할 일도 별로 없을 테니. 체육관에 있으면 틈나는 대로 연습도 할 수 있고. 그게 좋지 않겠어? 숙식비와 교습비는 체육관 청소하고 정리하는 것으로 퉁 치자.

인건비를 줘가면서 사람을 쓸 형편이 아니기도 했다. 장래성이 보이는 유망주와 좋은 조건의 일꾼을 단번에 구한 셈이었다.

체육관에서 키우는 개가 한 마리 있었다. 챔피언이라 불렀다. 순혈의 애완견 품종은 아니었다. 동네마다 볼 수 있는 떠돌이 잡종 개였다. 황색 털을 가진 평범한 크기의 수컷. 왼쪽 눈가에는 검정색 털이 둥글게 나 있는. 체육관을 처음 열 즈음 슬며시 들어와 자리 잡았다. 재복이 체육관에서 숙식을 해결하면서부터 챔피언의 관리도 재복이 맡게 되었다. 처음 방문하는 사람들이 무서워할까 싶어 묶어두기는 했지만 묶여 있는 와중에도 좌우로 구르거나 펄쩍펄쩍 뛰는, 누군가로부터 사랑을 받아본 개였다. 챔피언은 학교에서 돌아오는 재복의 발소리에 맞춰 컹컹거렸고 재복이 손을 뻗으면 고개를 숙여 재복의 손바닥에 머리를 가져다 대었다. 재복 또한 챔피언이 좋았다. 누군가가 자신을 기다리고 있다는 것. 그리운 감정이었고 갖고 싶은 경험이었다. 챔피언은 재복에게 그것을 주었다.

비가 오지 않는 달, 비가 오지 않는 계절은 없었다. 목구멍 속 깊은 곳에서부터 기어 올라와 아래턱과 어금니를 건드리고 눈과 이마를 지나쳐 머리 뒤쪽까지 뻗어나가는 뜨거움과 조이고 눌리는 가슴으로부터 양팔로 전해져 팔꿈치를 두드린 뒤 주먹을 움켜지게 하는 두근거림은 여전했다. 하지만 체육관에는 샌드백이 있었다. 굳이 벽을 치거나 사람들에게 주먹을 휘두르지 않아도 되었다. 샌드백은 뜨거움과 두근거림을 온전히 받아주었다. 구름이 낮게 깔린 회색의 하늘이 보일라치면 학교에 갈 생각도 잊은 채 체육관 안을 서성거리며 비가 오기만을 기다렸다. 체육관에 들어가서 살기 시작한 이후 석 달 동안 재복이 사람을 때리는 일은 없었다. 권투 연습을 제외하고.

관장의 체계적인 관리와 규칙적인 식사, 안정적인 숙소와 챔피언과의 교감은 재복을 다른 사람으로 만들었다. 재복은 처음으로 '무엇이 되고 싶다.'는 생각을 했다. '세계 챔피언이 되어야지.' 같은 꿈은 아니었다. 권투를 제대로 배워 시합에 나가고 전국 대회에서 좋은 성적을 내고 운이 좋아 프로 권투 선수가 된다면, 비록 요즘 인기가 없기는 하지만 관장처럼 체육관이나 하나 열어서 살면 되겠다는 나름 현실적인 목표였다. 지금처럼만 한다면 충분히 실현 가능하다 생각했다. 이대로만 하면 곧 시합에 나가도 되겠는데, 관장은 재복을 북돋웠다. 그저 하는 칭찬이 아니었다. 재복의 권투 실력은 나날이 늘어갔다. 다만 한 가지 걸림돌이 있었다. 비가 오는 날과 그렇지 않은 날, 재복이 보여주는 경기력의 차이가 컸다. 비가 오는 날 재복은 웬만해서는 지치지 않는 지구력과 맷집을 보여주었다. 누구와 맞서든 재복은 앞으로 나아갔다. 상대는 재복의 얼굴과 몸을 연신 두드렸지만 재복은 멈추지 않았다. 기어코 상대의 얼굴을 마주하고서야 재복은 멈췄고 기겁한 상대의 얼굴에 주먹을 날렸다. 체중이 온전히 실린 주먹은 동급 최강이라며 관장은 칭찬을 아끼지 않았다. 하지만 비가 오지 않는 날은 달랐다. 두려움과 망설임으로 흔들리기 일쑤였다. 뒷걸음쳤고 돌아섰다. 축 늘어뜨린 양팔 사이로 빈틈이 보였다. 고개를 숙이고 몸을 웅크린 채 휘두른 주먹은 목표 없이 흐느적거렸다. 그런 날 훈련을 마칠 즈음이면 관장은 재복에게 입버릇처럼 말했다. 너는 비가 오는 날에만 시합을 해야겠다.

재복이 체육관에 들어온 지 삼 개월이 지났을 즈음, 재복은 자신이 다시 이상해지는 것을 느꼈다. 비 오는 날 아침부터 시작해 지쳐 쓰

러질 때까지 샌드백을 두드리다 보면 어느새 사라졌던 뜨거움과 두
근거림이 사라지지 않았다. 머리칼과 운동복 그리고 몸을 흥건히 적
시고 넘쳐 체육관 바닥에 뚝뚝 떨어지는 땀은 예전과 같았다. 내가
왜 이러지? 지친 몸을 추슬러 다시 샌드백을 두들겼다. 재복은 체육
관에 오기 전으로 돌아가는 것은 아닌지 불안했다.

그렇게 며칠이 지나고 사흘간 이어 비가 오던 마지막 날, 풀리지
않는 뜨거움, 두근거림을 안고 잠이 든 지 이틀째 되는 날 샌드백이
터져버렸다. 샌드백이 낡았던 탓도 있었지만 사흘 동안 쏟아낸 재복
의 주먹을 견딜 수가 없었다. 주먹을 뻗을 대상이 없어졌다는 것을
알았을 때 재복의 귀에 챔피언의 울음이 들어왔다. 재복은 울음소리
를 따라 챔피언에게로 갔다. 재복의 손에는 우산도 없었고 망설임도
없었다. 사흘간 내린 비를 원망하듯 울음소리를 내뱉던 챔피언은 제
집에서 뛰쳐나오며 재복을 반겼다. 재복은 챔피언의 목줄을 잡고 챔
피언의 고개를 들어 올렸다. 챔피언은 불편해 보였지만 버둥거리지
않았다. 반가운 듯 꼬리를 살랑거리며 재복의 눈을 쳐다보았다. 그때
재복의 주먹이 챔피언의 턱을 쳤다.

탁.

깨개엥.

눈이 번쩍 했을 것이다. 아파서 그리고 놀라서. 챔피언은 외마디

비명을 지르고는 제집 안으로 도망쳐 들어갔다. 재복의 주먹으로 살아 있는 살과 뼈의 반동이 전해졌다. 귓속으로 들어온 챔피언의 비명은 재복에게서 뜨거움과 두근거림을 밀어냈다. 재복은 챔피언의 목줄을 다시 끌어당겼다. 챔피언은 끌려 나오지 않으려 네 발로 버텼지만 얼굴을 숨길 수는 없었다.

퍽, 퍼벅.

두 번, 세 번 이어진 재복의 주먹에 챔피언의 얼굴은 피투성이가 되었다. 챔피언은 온 힘을 다해 고개를 뒤로 빼냈다. 네 번째 주먹을 피하지 않았다면 챔피언의 마지막 순간이 되었을지도 모른다. 네 번째 주먹을 허공으로 휘두른 재복은 마당에 주저앉았다. 뜨거움이, 두근거림이 사라졌다. 챔피언은 두려움과 통증으로 낑낑거리며 제 집 안 깊은 곳으로 숨어버렸다.

다음 날은 비가 오지 않았다. 비가 오지 않는데도 재복은 학교에 가지 않았다. 챔피언의 집 앞에서 무릎을 꿇은 채 챔피언에게 자신의 잘못을 빌었다.

내가 왜 그렇게 했었는지 나도 이해를 할 수가 없어. 미안해. 다시는 그러지 않을게. 이해가 안 된다, 말했지만 왜 그랬는지 모르는 것은 아니었다. 너를 때리지 않을 수가 없었어. 주먹에 닿은 너의 뼈와 살을 느끼지 못하면, 너의 비명을 듣지 못하면 멈출 수가 없는 거야.

내 안의 뜨거움과 두근거림이 해결되지 않아. 미안해. 어쩔 수가 없었어. 재복은 차마 이렇게 이야기하지 못했다.

사람이었으면 수개월 아니 평생의 시간이 지나더라도 용서하지 못할 일을 챔피언은 단 하루 만에 용서했다. 꼬리를 흔들며 집 밖으로 나왔고, 재복과 얼싸안았다. 재복은 챔피언의 상처에 약을 발라주었다. 약을 바르는 동안 챔피언은 가끔씩 깨엥, 하고 신음소리를 내었지만, 그것은 아파서 내는 소리가 아니었다. 애교였고, 용서의 소리였다. 검은 털로 둘러싸인 왼쪽 눈은 붉게 멍이 들었지만 그 속에 분노는 없었다.

개는 쉽게 사람을 용서했고, 사람은 쉽게 자신의 맹세를 잊어버렸다. 그 후로 그 일이 있기까지 두 번 더 비가 왔고 챔피언은 두 번을 더 맞아야 했다. 재복은 두 번 더 용서를 구했고 챔피언은 두 번 다 용서를 했지만 붉은 눈동자는 파랗게 멍이 들었다.

그리고 이틀 전 비가 왔다. 망각도 습관이고 맹세도 습관이 되었다. 몸이 먼저 비가 오는 것을 알아차렸다. 뜨거움과 두근거림이 재복을 깨웠다. 마치 몸을 풀 듯 가볍게 샌드백을 두드리고 챔피언에게로 향했다. 비 오는 날 아침, 챔피언은 자신이 무엇을 준비해야 하는지 알고 있었다. 제집으로 들어가서는 웅크리고 앉았다. 몸을 떠는 것조차 잊은 듯, 비가 그치기만을 기다리는 것처럼 보였다. 재복은 개의치 않았다. 챔피언의 집으로 다가가 챔피언을 불렀다.

챔피언 이리 나와 봐.

어차피 대답을 기대한 것은 아니었다. 목줄에 달린 쇠사슬을 천천히 끌어당겼다. 네 발로 버티고 있는 챔피언의 힘을 느꼈을 때, 지난 삼개월간 단련된 근육의 모든 힘을 동원해 챔피언을 끌어냈다. 힘으로 감당할 수 없었던 챔피언이 끌려나왔을 때 재복의 주먹은 여지없이 챔피언의 옆구리로 향했다.

이 개새끼가. 나오라면 바로 나와야지.

깨게엥.

재복의 욕설과 챔피언의 비명은 거의 동시에 낮게 깔린, 밀도가 높아진 공기를 타고 퍼져 나갔다. 마을에서 약간 떨어진 구릉의 기슭에서 퍼져 나온 이 소리들은 떨어지는 비와 함께 섞여 몇몇 짐승들을 숨죽이게 만들었다. 지금 저기서 뭔가 벌어지고 있어.

이번에는 달랐다. 챔피언은 제집으로 도망쳐 들어가지 않았다. 붉게 충혈된 오른쪽 눈동자와 푸르게 멍든 왼쪽 눈동자를 희번덕거리며 재복을 쳐다보았다.

으응. 으르르.

입을 약간 벌려 자신의 날카로운 이빨을 드러내고, 피가 섞인 침을 흘리며 으르렁거렸다. 이번에는 용서하지 않겠다는 듯. 재복은 가슴이 더욱 떨려오고 더욱 뜨거워지는 것을 느꼈다.

그래. 그거야. 그렇게 나와야 재밌지.

재복은 주먹을 뻗기 시작했다. 늑대의 본성이 채 깨어나지 않은 묶여 있는 개와 삼개월간 권투의 기초를 갈고 닦은 유망주 비범새의 승부였다. 목줄이 묶여 제대로 뛰어 오르지 못하는 챔피언의 턱을 어퍼컷으로 가격한 뒤 쓰러진 챔피언의 복부를 걷어찼다. 몇 번의 발길질이 이어졌고 챔피언은 더 이상 저항하지 못했다. 챔피언은 옆으로 쓰러진 채 마당의 웅덩이에 얼굴을 반쯤 묻고는 숨을 헐떡였다. 분노인지 고통인지 구별할 수 없는 소리를 낮게 뱉어냈다.

다른 관원들이 쓰러진 챔피언을 발견할 때까지 챔피언은 그렇게 있었다. 관원들은 챔피언을 들쳐 메고 체육관 안으로 옮겨 눕혔다. 챔피언은 가끔 눈을 떠 고개를 휘저었다. 재복이 근처에 있는지 애써 주위를 살피는 듯 보였지만 고개는 나뭇가지 꺾이듯 번번이 고꾸라졌다. 바닥에 누운 채 관원들이 떠 넣어주는 물만 겨우 삼켰다. 그날 밤 챔피언이 사라졌다.

재복은 손에 묻은 피조차 씻지 않은 채 잠을 잤다. 제 아비가 그랬듯이.

재복의 아비는 돼지 농장을 했다. 제법 큰 규모였다. 외국인 노동자 서너 명을 두어야 일이 돌아갈 수 있을 정도. 재복의 아비는 고아원 출신이었다. 재복이 태어났을 때 이름을 지어줄 어른이 없었다. 아비는 아이에게 재복이라는 이름을 직접 지어주었다. 아비의 친구 중 재복이라는 이름을 가진 친구가 제일 돈을 잘 벌었고, 재복의 아비는 그것이 이름 덕분이라 여겼다.

재복이 초등학교에 들어갈 즈음 구제역이 돌았다. 돼지들은 모두 살처분되었고 재복의 아비는 가족을 데리고 도시로 나왔다. 그가 선택할 수 있는 일은 많지 않았다. 건설 공사장 막일을 제외하고 그가 할 수 있는 것은 술을 마시는 일이었다. 얼마 후 그는 그가 할 수 있는 일을 한 가지 더 알게 되었다. 아내를 때리는 것이었다.

그전부터 그랬었는지도 모른다. 비 오는 날이면 돼지를 잡아 팼었는지, 돼지가 아니면 외국인 노동자를 세워놓고 때렸는지 알 수 없다. 어쨌건 그는 아내를 때렸다. 비가 와서 일을 나가지 못하는 날이면 집에서 술을 마셨다. 술을 마시다 아내를 불러 세웠다. 그러고는 다짜고짜 때렸다. 아내가 빌고 재복이 말려보았지만 소용이 없었다. 아내의 얼굴에서 피가 나거나, 정신을 잃고 나서야 그는 주먹질을 멈추었다. 아침부터 술을 흠뻑 마셔 하루 종일 잠이 드는 날은 집안의 위태로운 평화가 이어지는 날이었다. 비가 오는 날 재복은 아비가 깨어날까 두려워 아비 근처에는 얼씬도 하지 않았고 어미 또한 재복의 방에서 나오지 않았다. 맑은 날에는 보통의 아버지와 같았다. 일터에서 돌아와 반주로 술을 마시기는 했지만 과하게 마시지 않았다. 다음 날 출근을 해야 한다며 적당히 마시고 잠이 들었다. 재복을 쓰다듬어 주거나 아내의 손을 잡고 미안하다, 말하며 용서를 빌었다.

한동안 비가 오지 않았다. 생활용수가 모자란다거나 그해 농사가 걱정된다는 기사가 티브이나 신문에서 쏟아졌고 사람들은 하늘을 올려보며 비를 기다렸지만 재복과 어미는 달랐다. 가뭄이 계속 이어지길 빌었다. 가뭄 끝에 단비가 내렸다. 단비에 이어 장마가 찾아왔고, 그 장마의 끝 무렵 재복의 어미는 집을 나갔다. 재복이 초등학교 5학년이 되던 해였다. 재복의 어미가 집을 나간 것은 최선의 선택이었다. 한 가지 잘못한 것이 있다면 재복을 데리고 가지 않은 것이었다.

재복이 어미의 자리를 대신하는 데는 그리 오래 걸리지 않았다. 재복의 아비가 어미를 찾는 것을 포기하고 돌아온 그날, 비가 내렸다. 강소주를 세 병째 비운 그는 재복에게 빈 소주병을 던졌다.

이런, 개새끼. 나가서 그년 찾아와. 못 찾으면 들어오지 마.

소주병은 재복을 비켜갔고, 재복은 꿇어앉은 채 잘못했다고 빌었다. 무엇을 잘못했는지 알 수 없었지만 빌어야 했다. 어미가 그랬던 것처럼.

이 새끼가 피해? 이리와. 이리 안 와.

재복은 무릎을 꿇은 채 기어서 아비의 앞으로 갔다. 아비는 재복의 얼굴을 잡고 말했다.

너도 나갈 거지. 너, 그년이랑 약속했지. 말해. 언제 어디서 만나기로 한 건지.

그런 약속을 한 적이 없다고 재복이 말하려던 순간, 아비의 손바닥이 재복의 뺨으로 향했다. 재복은 뒤로 나둥그러졌고, 코에서는 뜨거운 것이 흘러나왔다. 아비가 재복을 때린 첫날이었다.

재복은 어미보다 나았다. 아비에게 맞기 시작한 지 얼마 지나지 않아 재복은 아비가 언제 자기를 때릴 것인지, 어떻게 맞으면 되는지, 언제쯤 피가 흐르면 되고, 어떤 소리를 내면 되는지 알아냈다. 대들어서도 쳐다보아서도 안 된다. 처음 시작은 얼굴을 내어주되 두 번째부터는 웅크린 채 등이나 옆구리를 내어주어야 한다. 얼굴에서는 피가 흘러야 하고 으음, 하는 신음을 두세 번 연속으로 뱉어내야, 그쯤이 되어야 아비가 휘두르던 주먹을 멈춘다는 것을 알게 되었다.

재복은 아비를 원망하거나 미워하지 않았다. 비가 내렸기 때문이었다. 비가 내려서 아비가 저러는 것이라고, 어미도 그것을 알고는 있는데 어떻게 맞는 것이 나은지 알지 못해 집을 나간 것이라고 생각했다. 비만 오지 않으면 그런대로 살가운 아비가 아니었던가.

맞는 데 익숙해진 중학교 일 학년 여름, 장마가 시작되었을 때 재복은 집을 나왔다. 장마가 끝나면 돌아가리라 생각했다. 재복의 몸 안에서 뜨거운 것이, 쿵쾅거리는 무언가가 자라고 있다는 것을 느꼈기 때문이었다. 그것은 아비의 그것과 마주하여 상대가 되고 싶어 했다. 아비의 주먹을 잡아채고 재복의 주먹이 날아갈 날이 언제일지 알 수 없었다. 그러고 싶지 않았다.

재복이 가출해 있던 그해, 마지막 장맛비가 내린 다음 날 재복의 아비는 자신의 집에서 목을 맨 채 그의 막노동 동료에 의해서 발견되었다. 그의 복부와 손목에는 여기저기 칼자국이 있었다. 누군가에 의해서 타살된 것은 아닌지, 목이 매달린 것이 아닌지 모두들 의심했지만 결론은 자살이었다. 복부의 칼자국은 모두 피하지방을 넘지 못했고, 손목에 그어져 있는 자국은 수회 반복된 망설임의 순간을 말해주고 있었다. 경찰이 주저흔이라 판단하는 데 오래 걸리지 않았다. 집 안은 깨진 유리병과 거울 조각으로 신발을 신지 않고는 들어갈 수 없었다. 그 조각들을 밟고 돌아다닌 듯 아비의 발바닥은 유리조각과 상처, 피딱지로 가득했다. 가출을 끝내고 돌아온 재복은 이웃에게 그 소식을 들었고 간단히 경찰서에서 조사를 받은 뒤 아비를 대면했다. 외로워서 슬퍼서 자살했겠어요? 때릴 상대가 없어서 그랬겠지. 비 오는 날은 피를 봐야 했을 테니까. 비 내리지 않는 세상에서 잘 사세요. 재복은 창백한 아비의 얼굴을 보며 말했다. 어미가 이 소식을 알았으면 했지만 어미를 찾을 수 없었다.

— 그게 말이 된다고 생각하는 거냐? 도대체 어떻게 했기에. CCTV 보니까 챔피언이 뒤도 한 번 돌아보지 않고 나가더라. 그 말 못하는 동물이.

라커룸의 옷장들 사이 나무 의자에 앉아 있던 관장이 물었다.

— 말이 안 되지요. 하지만 사실인 걸요. 그때는 정말 그렇게 느껴졌거든요.

관장은 한숨을 한 번 크게 내쉰 후 라커룸을 나가며 말했다.

— 챔피언 문제는 다음에 이야기하기로 하고. 너, 시합 잡혔다. 두 달 뒤다. 지역 친선 대회지만 지켜보는 눈들이 많으니 너에게는 좋은 기회가 될 거다. 부상 조심하고. 그날 비가 내리길 빌어야겠다.

재복은 시합이 있는 날만 비가 와야 한다고 대답했지만, 이미 관장이 나간 뒤였다. 시합이 있는 날만 비가 와야 한다고요. 그전에 비가 오면 나도 어찌 될지 모른다고요. 재복은 혼자 중얼거리며 옷을 입었고 라커룸을 나왔다.

씨발. 비가 오고 있었다. 아침에는 분명 맑은 하늘이었는데, 오늘은 비 소식이 없을 것이라고 했는데, 비가 오고 있었다. 소나기였다.

체육관 창을 두드리는 빗방울 소리가 커질수록 재복의 심박동수가 빨라졌다. 목에서 올라오는 뜨거운 것이 눈을 충혈시키고 이마로 올라가 뒷덜미를 향할 때, 재복의 발걸음은 챔피언의 집으로 향했다. 풀어진 목줄과 챔피언의 빈 집을 확인했을 때는 이미 그 뜨거운 것과 두근거림이 한데 엉켜 붙어 재복에게 무엇이든 하라고 재촉하고 있었다. 어차피 샌드백 따위로는 안 되는 것이었다. 체육관 안으로 돌아온 재복은 거울에 비친 재복을 보았다.

누구지? 거울에 비친 재복의 등 뒤 누군가 서 있었다. 그리고 재복은 거울로 주먹을 던졌다. 그것이 아비인지 어미인지 챔피언인지 구분이 되지는 않았지만 의미 없었다. 한 번 던져진 주먹은 서너 번 더 거울을 쳤고 거울 뒤를 받히던 나무판에 구멍이 뚫리고 나서야 재복은 주먹질을 멈췄다. 손등이 붉게 부어올랐지만 뜨거운 것과 두근거림은 여전히 아랫도리를 붙인 채 재복을 재촉하고 있었다. 피를 봐야 한다니까. 비가 오잖아.

주위를 둘러보는 재복의 눈에 보이는 것은 없었다. 관장이 막 퇴근한 것이 다행이었다. 떨어진 유리 조각만이 천정의 형광등 불빛이 반사되어 반짝였다. 재복은 깨진 유리 조각을 집어 들었다. 손목으로 가져갔다. 따듯했다. 엉겨 붙었던 뜨거운 것과 두근거림이 몸을 풀고 사라졌다. 몸은 가라앉고 가라앉아 바닥에 닿았다. 바닥은 그다지 단단하지 않았다. 재복은 그 속으로 훅 하고 빠져들었다.

　관장은 퇴근을 하던 중 내리는 비를 보았다. 재복이 또 무슨 사고를 칠까 싶어 돌아왔고 체육관 바닥에 쓰러진 재복을 발견했다. 재복은 응급실에서 난동을 부렸다. 안정제가 다량 투여되었고 사지가 묶인 채 정신과 병동에 강제 입원되었다. 이틀이 지난 뒤, 비가 오는 날 재복이 깨어났다.

　재복이 깨어났다는 소식을 들은 관장이 면회를 왔다.

　─두 달 뒤에 시합이라고 했잖아. 그런데 손을 이렇게 만들어놓으면 어떡해. 근육이나 인대까지 손상을 받은 것은 아니라 하니 다행이지만, 걱정이다. 너도 참.

　재복이 깨어난, 비 오던 그날. 체육관 옆 구릉 너머 마을 공터에서 개 한 마리가 작은 개 한 마리를 쫓아다니며 물어뜯고 있었다. 왼쪽 눈가는 검정색 털이, 나머지는 황색 털로 뒤덮인 이 개의 왼쪽 눈은 파랗게 되어 있었는데, 멍이 든 것인지 아니면 아예 색이 변한 것인지 구별할 수 없었다. 이상한 것은 쫓기는 작은 개가 도망을 다니고는 있는데, 그 공터를 벗어나지는 않는다는 것이었다. 물어뜯기고 쫓기면서도 다른 골목이나 숲으로 도망가지 않고 그 공터 안을 맴돌고 있었다. 마치 곧 멈춰지리라 믿는 것처럼. 옆에는 군데군데 털이 빠진 떠돌이 개 몇 마리가 얼어붙은 듯 서 있었다. 울음소리 한 마디 없이.

비가 오는 날이었다.

도르다

1

    등이 굽은 늙은이가 있었다. 바오밥 나무를 닮은 유목의 꼭대기에 앉아 아래를 지나가는 무리를 향해 무어라 소리쳤다. 고개를 들어 늙은이를 쳐다보는 이는 없었다. 무리는 유목을 사이에 두고 좌우로 갈라졌고 유목을 지나자 다시 합쳐졌다. 물기둥을 향해 물살을 거슬러 나아가는 무리였다. 물살을 거슬러 가다 물기둥을 만나는 것, 물기둥과 함께 내려가 황금빛 자갈을 훑고 지나가는 것, 그리고 다시 물기둥의 끝자락에서 출발하는 것. 전통이냐 본능이냐 이도저도 아니면 숙명이냐. 따져 묻거나 고민하지 않았다.

    아이들은 어른들의 꽁무니에 붙어 물살을 피했다. 가끔씩 좌우로 고개를 빼 앞을 살폈다. 지루하다 느껴지면 대열을 이탈해 아래로 내려갔다. 술래잡기를 하다 이곳저곳을 기웃거리다 올라오고는 했다. 우리 지금 뭐 하는 거예요? 아이들이 물었다. 어른들은 대답하지 않았고 아이들은 집요하지 않았다. 얼마 지나지 않아 아이들은 질문보다 물살에 익숙해졌다.

— 지난번에는 물살이 세서 버티는 것도 힘들었는데, 이번에는 견딜 만해요. 물살이 약해진 것 같아요. 그렇지 않아요?

'지지 않는 붉은 꽃에서 아흔여섯 번째로 태어난 노란 점박이'가 물었다. 딱히 누군가를 지정해서 물었던 것은 아니었다. 앞 열의 어른들 뒤통수에 대고 던진 질문이었다. 누군가 뒤돌아보지 않고 대답했다. 대답은 물살을 타고 '지지 않는 붉은 꽃에서 아흔 여섯 번째로 태어난 노란 점박이'에게로 왔다.

— 네 녀석이 그만큼 자란 것이겠지.

몇몇 어른들도 예전에 비해 물살이 약해졌다고 느꼈지만 굳이 말을 꺼내지 않았다. 자신들은 그만큼 노련해졌고 아이들은 그만큼 자란 탓이라 여겼다.

'지지 않는 붉은 꽃에서 아흔 여섯 번째로 태어난 노란 점박이'는 궁금한 것이 많았다. 저 붉은 꽃은 왜 지지 않아요? 아무리 헤아려 봐도 우리 무리는 아흔여섯 명이 되지 않는데 저는 왜 아흔여섯 번째로 태어났다 하는 건가요? 저는 왜 노란 점박이 인가요? 왜 저는 제 몸을 볼 수 없는 거죠? 따위의 질문들. 지지 않는 붉은 꽃이니까. 너보다 먼저 태어났던 첫 번째부터 스물여섯 번째까지, 서른 번째부터 서른여덟 번째까지, 마흔두 번째부터 쉰일곱 번째까지의 아이들은 이름을 얻은 순간 생명을 내어놓아야 했으니까. 네 몸에는 노란 점이 일곱 개씩 정확히 좌우대칭으로 열네 개가 있으니까. 원래 네 몸은 네가 보라고 만들어진 게 아니니까. 이런 대답을 해준 이는 없었다. 귀찮거나 혹은 관심이 없거나. '지지 않는 붉은 꽃에서 아흔여섯 번째로 태어난 노란 점박이' 옆을 지나치기만 했다.

네 녀석이 그동안 그만큼 자란 것이겠지. 노란 점박이가 태어나 처음 들어보는 대답이었다. 누가 대답을 했는지 알 수 없었다. 무리는 저만치 앞서가고 있었다.

그들이 모든 시간을 물살 속에서 보낸 것은 아니었다. 하루에 한 번씩 먹을 것들이 물기둥을 따라 내려왔다. 물기둥에 밀려 내려온 먹을 것들이 옆으로 사방으로 흩어지면 어른, 아이 할 것 없이 물살에서 벗어나 그것들을 쫓아다녔다. 좌우로, 아래위로. 그들은 자갈들 틈, 풀잎 위, 유목 주름 사이에 놓인 먹을 것들을 삼키거나 먹을 것과 비슷하게 생긴 것들을 삼켰다 뱉어냈다. 배가 부풀어 더 이상 삼킬 수 없어도 멈추지 않았다. 유전자에 새겨진 선조들의 기억이 그들을 이끌었다. 먹다 지친 수컷들은 암컷을 쫓아다녔다. 도망 다니는 암컷들도 있었지만 개중에는 수컷이 무슨 짓을 하건 아랑곳하지 않고 먹는 일에 열중하는 암컷들도 있었다. 암컷은 곧 어미가 되었다. 갓 태어난 아이들이 사라지는 일이 많았지만 어미는 애써 찾지 않았다. 또 낳으면 되지. 먹을 것을 찾아다니든, 암컷을 쫓아다니든, 아이를 잃어버리든 관계없이 그들은 하루의 일정시간을 대열 속에서 보냈다. 끝바위를 쓰다듬는 것. 그들이 해야만 하는 일이었다.

노란 점박이가 무리를 쫓아 유목 아래를 지나칠 때였다. 유목의 위로부터 들려오는 소리에 고개를 들어 위를 보았다. 등이 굽은 늙은 이였다. 뭐라는 거지? 왜 아무도 들어주지 않는 거지? 이번에는 소리 내 묻지 않았다. 무리가 저만치 앞으로 가버린 탓에 들어줄 이가 아무도 없었다. 이미 물기둥을 따라 내려가고 있겠지.

— 빨리 안 가고 뭐 하냐.

어른 한 명이 뒤에서 말을 걸었다. 목소리가 낯익었다.

— 혹시 좀 전에 대답을 주셨던 분인가요?

— 물살이 약해진 것 같다고 물었던 게 너냐?

어른은 자기를 '지지 않는 붉은 꽃에서 서른여덟 번째로 태어난 붉은 줄무늬'라 소개했다. 무리에서 벗어나 아래로 내려갔다 오는 길이었다. 아래로 내려가 먹을 것을 찾다가 물살을 올려보았다 했다.

— 네 말처럼 물살이 약해졌더구나. 물풀이 흔들리는 걸 보면 알 수 있지. 그런데 그래서 그게 뭐 어떻다는 말이냐? 그냥 그렇군, 할 뿐이지. 도르다는 계속 될 것이고.

— 도르다? 그게 뭐예요?

— 지금 너와 내가 하고 있는 것.

'지지 않는 붉은 꽃에서 서른여덟 번째로 태어난 붉은 줄무늬'는 노란 점박이의 어깨를 툭 치고 앞으로 나섰다. 노란 점박이는 묻고 싶은 것이 더 있었지만 붉은 줄무늬의 재촉에 어쩔 수 없이 다시 움직였다. 붉은 줄무늬는 노란 점박이가 움직이기 시작하자 속도를 늦췄고 노란 점박이의 옆으로 갔다. 노란 점박이의 속도에 맞춰 헤엄을 쳤다. 둘은 물기둥을 만났고 물기둥을 따라 내려갔다. 바닥에 다다르자 끝바위가 보였다. 둘은 끝바위 위를 배로 스치고 지나갔다. 그리고 다시 물살의 끝에 섰다.

— 방금 우리가 한 게 도르다다.

— 네?

— 뭐라도 좀 먹자. 따라와.

붉은 줄무늬는 노란 점박이를 '아기들의 동굴'로 데리고 갔다.

— 여기는 아기들의 동굴이잖아요. 아기들 외에는 들어오면 안 되

는.

— 지금은 괜찮아. 근래에 새로 태어난 아기들이 없잖아. 대신 먹을 것들이 쌓여 있지.

'아기들의 동굴' 바닥에는 먹을 것들이 쌓여 있었다. 둘은 동굴 속에서 한동안 말없이 먹기만 했다.

— 너 궁금한 것 많지? 꺼억.

붉은 줄무늬는 동굴 벽에 몸을 기대며 트림을 했고, 마지막 먹은 것을 게워냈다. 그리고는 노란 점박이를 불러 세웠다. 노란 점박이는 무엇이 더 맛있을지 고민하며 바닥을 훑고 있는 중이었다.

— 먹으면서 들어. 나도 들은 이야기야. 너만 할 적에. 너도 아는 누군가가 이렇게 말했어. 물길을 거슬러 올라가다 보면 물기둥이 나오지. 색이 없으니 보이지 않을 것이고 더 차거나 더 따뜻하지 않아서 어디가 물기둥인지 구별할 수 없겠지만 물기둥 속으로 들어가는 순간 아, 이게 물기둥이구나 하고 알게 될 거야. 나도 모르게 몸이 아래로 내려갈 거거든. 당황하지 말거라. 그냥 물기둥에 몸을 맡기면 돼. 물론 이미 수십 번 해보았을 나이니 너도 이제 익숙하겠지. 물기둥은 너를 끝바위로 데려가지. 너는 물기둥이 미는 데로 밀려가다가 끝바위를 쓰윽 하고 한번 쓰다듬기만 하면 되는 거고. 이 모든 것을 통틀어 도르다라 부른단다. 그때는 나도 너처럼 궁금한 것이 많았어. 그

누군가에게 물었지. 왜 하는 건데요? 도르다라는 것 말이에요. 그는 이렇게 대답했어. 끝바위 때문이지. 정확히 말하면 우리가 살기 위해서. 나도 어릴 적 어른들에게 들은 이야기란다.

태초에 끝바위가 있었다. 그 끝바위는 그들 누구도 가지지 못한 가져본 적 없는 색을 가지고 있었다. 가져본 적 없기 때문에 '무슨 색'이다 하고 말할 수조차 없었다. 물론 시간이 지나면서 이름을 붙이게 되었지만 그 형상과 이름이 딱 들어맞는 것은 아니었다.

— 시간이 지나면서 색이 변했거든. 이리 와 앉아. 앉아서 들어. 이야기가 꽤 기니까.

붉은 줄무늬는 자기 옆 바닥을 두드렸고 노란 점박이를 불러 앉혔다. 하루하루가 지날 때마다 끝바위의 색이 변했던 것은 아니었다. 그제와 어제, 어제와 오늘의 색은 똑같은 것 같은데 지난주과 이번 주, 지난달과 이번 달의 색은 분명 달랐다. 검어지나 싶었는데 노랗게, 노랗게 변하나 싶었는데 연두색으로. 모두들 다음 주는, 다음 달은 무슨 색으로 변할지 궁금했지만 궁금하기만 할 뿐 예측할 수는 없었다. 금방 잊어버리기도 했고, 무엇보다 태초의 무리는—지금 우리 무리도 별 다를 것 없지만— 그다지 내일을 염두에 두는 무리가 아니었다. 어느 날 끝바위가 황금빛을 내기 시작했다. 끝바위에서 나오는 황금빛이 물기둥에, 물줄기에 굴절되어 세상으로 퍼져나갔다. 황금빛으로 가득 찬 세상.

노란 점박이가 물었다.

— 황금빛으로 가득 찬 세상은 어떻게 보이는 거예요?

붉은 줄무늬는 황금빛으로 가득 찬 세상을 본 적 없다는 말 대신 아기들의 동굴 바깥을 가리켰다.

— 아마 지금 저 정도보다는 더 하겠지. 저 정도가 황금빛으로 가득 찬 세상이라면 우리는 준비를 해야겠지. 세상이 뒤집어지는 것을 볼 준비를, 살아남을 준비를.

끝바위의 색이 변하면, 노란 바위가 되고 점점 노랑이 진해져 마침내 황금빛을 내뿜는 그때가 한 세상이 끝나는 때라고 말했다. 예전에, 아주 오래전에, 지금 세상이 오기 전에 그런 일이 여러 번 있었다고 덧붙였다.

— 누가 그 이야기를 해준 거예요?

노란 점박이가 붉은 줄무늬 옆으로 바짝 붙어 앉으며 물었다.

— 저기 저 위, 맨날 떠들고 있는 저 늙은이, 등이 굽은 늙은이. 예전에는 '아홉 번째 세상에서 온 현명한 자'라 불렸었어.

태초에 끝바위가 무슨 색을 띄고 있었는지 밝혀낸 것도 그 늙은이, 등이 굽은 늙은이라고 했다.

— 누가 무엇을 물어보든 막힘이 없었지. 그땐 정말 현명한 자였

어. 끝바위라고 이름을 붙인 것도 저 늙은이고.

등이 굽은 늙은이는 등이 굽기 전 현명한 자라 불리던 시절, 옛 세상의 흔적을 찾아 세상 구석구석을 돌아다녔다. 넓지 않은 세상이지만 살피고 또 살피며 옛 세상들의 흔적을 모았다. 세상이 뒤집어지고 새 세상이 오는 이유가 무엇인지, 도르다를 행하는 것과 새 세상이 오는 것은 무슨 관계가 있는지 알아야 했다. 그것에 대해 조상들은 무어라 말했는지 이야기해줄 이는 남아 있지 않았다. 이번 세상으로 넘어왔을 때 그는 어렸고 이전 세상의 기억은 많지 않았다. 그와 같이 넘어왔던 어른들은 '도르다를 멈추면 안 된다.'는 말만 주문처럼 했을 뿐 그 이상 말해주지 않았다. 그 이상 아는 것이 없었을지도.

등이 굽은 늙은이는 아홉 번째 세상에서 살아남아 열 번째 세상으로 넘어온 열두 명의 생존자 중 가장 어렸던 한 명이었다. 생존자들은 여덟 번째 세상에서 살아남았던 이들이 전해준 대로, 그들이 아홉 번째 세상에서 했던 도르다를 열 번째 세상에서도 이어갔다. 한 세상이 가고 새로운 세상이 열리는 것을 번번이 막지 못한 의식이었지만 도르다 이외에 그들이 할 수 있는 것은 없었다. 그들은 선조들의 정성이 부족했다 여겼다.

열 번째 세상의 중심에는 아홉 번째 세상에는 없었던 지지 않는 붉은 꽃이 있었다. 지지 않는 붉은 꽃의 의미가 무엇인지 많은 말들이 오갔지만 누구도 명쾌하게 이해하거나 설명하지 못했다. 만 일주일의 토론이 있었다. 마지막 날 그중 한 명이 전혀 다른 의견을 냈다. 우리 세상에 지지 않는 붉은 꽃이 온 것이 아니라 지지 않는 붉은 꽃이 있는 세상에 우리가 온 것이라고. 지지 않는 붉은 꽃은 아무 의미가 없는 것이라는 말에 하나둘씩 고개를 끄덕였고 우리가 어떻게 생각하느냐, 거기서 무엇을 하느냐가 지지 않는 붉은 꽃의 진정한 의미가 될 것이라는 의견에 모두들 박수를 쳤다. 채 십 분이 지나지 않아 그들은 지지 않는 붉은 꽃과 그 잎들이 아이들을 놓고 기르기에 적당하다는 결론을 내렸다. 그리고 열 번째 세상의 첫 아이들이 지지 않는 붉은 꽃 아래에서 태어났다.

지지 않는 붉은 꽃에 대한 토론 이후 얼마 지나지 않아 한 명씩 혹은 두 명씩 사라졌다. 신체의 일부만 발견되는 경우도 있었지만 대부분은 한동안 움직이지 않고 가만히 있다가 갑자기 훅 하고 사라졌다. 정말 '훅' 하고. 결국 아홉 번째 세상에서 넘어온 열두 명 중 열한 명이 사라졌다. 열 번째 세상에 적응을 하지 못한 것인지 전염병이 돌았던 것인지, 자연의 섭리에 따라 순서대로 사라진 것인지는 명확하지 않았다. 마지막 남은 한 명이 새로 태어난 아이들의 스승이 되었다. 그는 많지 않은 기억을 엮어 아홉 번째 세상이 얼마나 아름다웠는지, 그리고 어떻게 사라졌는지에 대해 말했다. 열 번째 세상이 온 것과 거기에 있던 지지 않는 붉은 꽃에 관해 이야기했다. 아이들의 이름에 얽힌 사연을 들려주었고 아이들에게 도르다를 가르쳤다. 아이들은 그를 '아홉 번째 세상에서 온 현명한 자'라 불렀다. 아이들이 '현명'이라는 단어의 뜻을 알고 있었는지, 그 단어를 사용할 정도의 지적 수준이었는지는 명확하지 않다. 그가 스스로 붙인 호칭이라는 말도 있었다. 아이들에게 자신을 그렇게 불러달라 강요했다는 증언이 나오기도 했지만 굳이 그의 호칭의 기원을 두고 격론을 벌일 필요는 없었다. 그의 호칭에 대한 의구심을 가질 때 즈음 아이들은 더 이상 그를 현명한 자라 생각하지도 않았고 부르지도 않았다.

한 번의 도르다가 끝난 것 같았다. 무리들이 아래로 내려와 틈을 헤집으며 먹이를 찾아다녔다. 몇몇 녀석들이 아기들의 동굴을 기웃거렸다. 붉은 줄무늬가 입구 안쪽으로 가 몸을 흔들었다. 녀석들은 입구에서 망설이다 돌아섰다. 붉은 줄무늬는 아예 입구 안쪽에 앉아버렸다.

— 세상이 몹시 흔들린 날이 있었지.

노란 점박이가 붉은 줄무늬 쪽으로 옮겨오며 물었다.

— 새 세상이 왔던 건가요?

— 그건 아니고 가끔 새 세상이 올 것처럼 세상이 흔들릴 때가 있

어. 소용돌이가 치고 바닥의 바위와 자갈들이 한꺼번에 파헤쳐지거나 사라졌다가 갑자기 먹이처럼 쏟아져 내려. 내가 많이 어렸을 때였어. 지금 어른이라고 불릴 만한 것들이 모두 어렸을 때지 아마. 그날 '아홉 번째 세상에서 온 현명한 자'가 깨달음을 얻었지.

— 깨달음요?

— 그래, 깨달음.

세상이 몹시 흔들렸던 그날도 현명한 자는 변함없이 옛 세상의 흔적을 찾고 있었다. 무리에게 도르다를 멈추지 말라고 지시를 내린 후 그는 네 개의 끝을 돌고 있던 중이었다. 네 개의 끝은 세상에서 가장 어두운 색이 있는 곳이었다. 그리고 자갈들이 많이 쌓여 있었다. 자갈들을 파헤치다보면 태초의 무언가를 찾을 수 있을 것이라 생각했다. 몸을 세로로 세워 아래로 파고 들어갔다. 그때 세상이 흔들렸다. 자갈들이 바위들이 한꺼번에 사라졌고 세상이 소용돌이쳤다. 몸을 세워 아래로 향하던 현명한 자는 도망치지 못했다. 그는 소용돌이 속에서 정신을 잃었다. 잠깐씩 정신을 차려 눈을 떠 보았으나 그가 보았던 것은 이전 세상도 새 세상도 아니었다. 돌과 자갈들이 이리저리 흔들렸고 흔들릴 때마다 돌과 자갈에서 색들이 떨어져 나갔다. 흔들림에 다시 정신을 잃고 그리고 눈을 떠보면 돌과 자갈의 색이 바뀌고 있었다. 검정에서 노랑으로, 초록에서 연두로. 거꾸로였다. 그가 보아왔던 변화의 정반대. 그리고 하얗게 변한 돌과 자갈을 보았을 때 다시 몸이 뒤집어졌고 정신을 잃었다. 그는 세상으로 돌아왔다. 하얀 돌과 하얀 자갈과 함께. 그리고 그는 깨달았다.

끝바위가 황금빛을 발하는 날, 세상이 온통 황금빛으로 물드는 날이 곧 세상이 멸하는 날이라고, 그리고 새 세상이 오는 날이라고. 지금 이대로 멸하지 않으려면 끝바위가 황금빛을 띠게 되는 것을 막아야 한다고. 그게 도르다의 의미라고.

현명한 자는 모두 불러 모았다. 그리고 말했다.

내가 돌과 자갈들과 함께 흔들리고 돌아왔노라. 그곳에서 보았노라. 돌과 자갈로부터 색들이 떨어져 나가는 것을, 그것들이 하얗게 변해가는 것을. 그리고 그것들과 돌아왔노라. 아아, 나는 들었노라. 흔들림이 먼저 있나니 흔들리고 흔들리면 새 세상이 오나니. 들어라. 모든 이여. 조상들의 지혜로다. 지혜로다. 도르다의 지혜로다. 도르다가 없었다면 흔들림마다 새 세상이 왔으리라. 돌아라, 돌아라. 새 세상은 우리의 세상이 아니다. 우리의 세상은 지금 이곳이니 돌아라. 형제여. 영원하라. 도르다여, 세상이여.

그는 설득이 아니라 선언을 했고 예언을 했다. 태초의 바위, 물기둥 아래의 큰 바위의 색은 흰색이 분명하다. 그 바위가 황금빛을 발하는 날이 우리의 세상이 가고 새 세상이 오는 날이 될 것이라 했다.

우리 세상의 끝이 저 바위의 색에 달려 있으니 저 바위를 끝바위라 부르겠다 말했다.

현명한 자는 도르다에 대해서는 용서가 없었다. 너희들이, 너희들의 자손이 이 세상의 즐거움을 누리며 평화롭게 사는 것을 원한다면 끊임없이 그리고 열심히 도르다를 행해야 한다고 했다. 그렇지 않으면 열한 번째 세상을 맞이하게 될 것이라고, 너희들 중 몇 명이 그 세상에 있게 될지는 아무도 모른다고, 지금 나를 보라고. 혼자 남아 있는 자신을 보라 했다. 도르다에 참여하지 않는 것은 공동체에 대한 배신이라 말했다. 하루에 십 회 이상 도르다에 참가해야 한다는 규칙을 세웠고 규칙을 지키지 않는 아이는 그 하루 동안 아무것도 먹지 못하도록 했다. 아이들은 그의 진지함에 그리고 아이들보다 우월한 그의 물리력에 눌려 그가 시키는 대로 그가 정한 대로 따랐다. 아이들은 현명한 자의 선언과 예언이 무슨 의미인지 정확히 알지 못했다. 아이들이 아는 것은 도르다를 행하지 않으면 현명한 자로부터 벌을 받는다는 것이었다. 무서웠다. 아이들은 도르다를 충실히 행했다.

시간이 흘렀다. 아이들은 여전히 아이들이었지만 몸은 어른이 되어갔다. 서로에게 익숙해졌고, 진지함보다는 가벼움을 즐겼다. 무거워봤자 가라앉기만 한다는 것을 알게 된 듯. 현명한 자가 지지 않는 붉은 꽃에서 태어난 아이들을 데리고 도르다를 행하던 어느 날이었다. 아이들이 장난을 쳤다. 현명한 자의 바로 뒤를 따르던 두 명이 서로 등을 맞대며 힘자랑을 시작했고 그것을 본 아이들이 짝을 이루어 등을 맞대고 서로를 밀어내며 깔깔댔다. 현명한 자는 이번 도르다를 끝낸 후 모두에게 한 마디 해야겠다고 마음먹었다. 그들 무리는 물기둥 속으로 들어갔다. 서로 등을 맞대고 힘자랑을 하느라 정신이 팔려 있던 아이들이 물기둥 속에 휩쓸렸다. 대열이 무너졌다. 물기둥을 따라 내려가 흰 바위의 등을 쓰다듬은 것은 현명한 자뿐이었다. 갑작스런 물기둥에 정신을 잃은 아이들, 물기둥 밖으로 튕겨나간 아이들이 흰 바위를 쓰다듬고 있는 현명한 자의 눈앞을 지나갔다.

아이들이란. 좋게 말해선 알아듣지 못한다니까. 현명한 자는 아이들을 불러 모았다. 아이들에게 겁을 줘야겠다고 생각했다. 물기둥에 맞아 정신 잃어봤어? 물기둥 밖으로 튕겨나가 봤어? 아이들은 놀이동산을 다녀온 듯 떠들었다.

조용히.

현명한 자가 조용히 말했다. 아이들은 그의 말을 듣지 못했고 여전히 떠들었다.

조용하라고.

현명한 자가 다시 조용히 말했다. 아이들 중 몇몇은 이상한 분위기를 알아차리고 그를 보고 섰지만 대부분은 삼삼오오 모여 서서 잡담을 나누었다. 그 와중에 먹을 것을 찾아 돌 틈에 고개를 처박는 아이도 있었다. 그가 악을 쓰듯 소리쳤다.

다 잡아먹어버릴 거야.

잡담을 나누던 아이들이 고개를 돌려 그를 보았다. 돌 틈에 고개를 처박고 있던 아이도 그를 향해 섰다. 뭔가를 먹느라 입을 오물거리며.

모두 다 잡아먹어버릴 거라고. 이럴 줄 알았으면 그때 다 잡아먹어버리는 건데. 왜 '지지 않는 붉은 꽃에서 태어난 첫 번째'는 없는지 왜 '지지 않는 붉은 꽃에서 태어난 두 번째'는 없는지 궁금하지 않아? 너희들 중 막내가 '지지 않는 붉은 꽃에서 태어난 육십두 번째'인데 지금 너희들을 다 모아봐야 스무 명이야. 왜 그런지 가르쳐줄까? 내가 다 먹어버렸거든. 내가 육십두 번째 이후로 참고 있었는데 이런 식이면 너희들 모두 가만두지 않을 거야. 아이들은 또 낳으면 돼.

아이들이 조금 더 어렸을 때 말했어야 했다. 아이들은 이미 어른에 가까웠고, 그가 한 협박에 겁을 먹기는커녕 분노했다. 웅성거렸고 돌아섰고 그에게 대들었다. 잡아먹어보라고. 한번 해보라고. 누가 누구 살을 뜯어 먹게 될지 한번 보자고. 결국 당신의 그 살이 우리 형제들 살 아니냐. 예상 밖의 반응에 당황한 현명한 자가 뒤늦게 변명을 했다. 자기 혼자 마흔두 명을 먹은 것은 아니라고, 아홉 번째 세상에서 온 모든 다른 어른들이 같이 먹었다고, 너희들의 부모들이 그런 것이라고. 나는 그렇게 하고 싶지 않았어. 내가 아기들의 동굴을 정했어. 뒤에 태어난 아이들을 보호한 것도 나야, 나라고. 현명한 자가 덧붙여 말했지만 아이들은 듣지 않았다. 현명한 자는 그날 무리에서 쫓겨났다.

— 그날 이후 우리는 우리끼리 저 늙은이는 늙은이대로 따로 살고 있는 거지. 뜯어 먹힐까 겁이 나 내려오지도 못할걸. 너도 태어나지 못할 뻔했던 거지. 운이 좋은 거야. 나도 물론이고.

노란 점박이는 붉은 줄무늬의 이야기를 듣는 중 몇 번 살짝 몸을 떨었고 '아기들의 동굴' 밖으로 고개를 내밀어 등이 굽은 늙은이를 보았다.

— 그런데 저 위에서 뭐라 하는 거예요?

— 글쎄다. 그날 이후로 누구도 저 늙은이와 이야기를 나누어본 적 없으니, 알 수가 없지. 듣고 싶지도 않고.

— 지금은 뭐라고 불러요? 저 현명한 자.

— 글쎄. 이제는 관심의 대상이 아니어서. 우리가 지어줄까? 이건 어떠냐? 실패한 아홉 번째 세상의 마지막 생존자

— 그런데 정말로 세상이 뒤집어지고 새 세상이 오면 어떻게 해요?

— 뭘 어떻게 해. 우리가 뭘 하겠어. 새 세상이 오겠다는 데. 걱정하지 마. 세상이 흔들린 적이 몇 번 있기는 했지만 지금까지는 별 일 없었으니.

노란 점박이는 붉은 줄무늬와 헤어져 무리로 돌아갔다. 무리를 따라 도르다를 하다 유목 근처에 이르러 올려보았다. 세상의 시작부터 있었던 나무라고 들었다. 그 꼭대기에 등이 굽은 늙은이가 있었다. 여전히 아래를 내려다보며 무어라 말을 하고 있었다. 대열에서 벗어나 등이 굽은 늙은이에게 다가갔다. 등이 굽은 늙은이의 옆으로 가섰다. 등이 굽은 늙은이는 앞이 잘 보이지 않는 것 같았다. 노란 점박이가 자기 옆에 와 있어도 고개를 돌려 보지 않았다. 끊임없이 같은 말만 반복했다.

— 도르다 의미 없다. 세상이 온통 황금빛인 것을. 도르다 의미 없다 세상이 온통 황금빛인 것을.

정말 그랬다. 유목의 꼭대기에서 내려다본 세상은 온통 황금빛이었다.

2

아이가 아빠에게 말했다.

— 아빠, 수조 청소 좀 해야겠어요. 온통 노래요. 노랗다 못해 황금 빛이에요.

아빠가 대답했다.

— 그러자, 이번에는 모조리 싹 갈자. 배치도 좀 바꾸고.

고리키의 눈빛에 응답하라 :
모욕과 슬픔으로서의 진실

허희(문학평론가)

김강이 자주 들여다보는 작가 얼굴이 있다. 막심 고리키. 고리키 사진을 김강은 거주 공간에 붙여두었다. 고리키가 누구던가. 사회주의 리얼리즘 창시자로 일컬어지는 러시아 작가다. 구습의 초월을 꿈꾸는 '위대한 인간'이 이상을 실현하는 과정을 담은 그의 작품은 식민지 시기 카프 맹원들에게도 커다란 영향을 끼쳤다. 이런 고리키 사진을 김강은 매일 마주 본다. 김강이 고리키를 추종해 사회주의 리얼리즘을 구현하는 소설가여서? 그의 첫 번째 소설집 『우리 언젠가 화성에 가겠지만』(2020)과 두 번째 소설집 『소비노동조합』(2021)에 실린 작품들을 읽고 판단하건대 그렇지 않다. 누군가는 이번 소설집의 제목을 흘낏 보고 '노동조합'에서 박노해 시(『노동의 새벽』)의 향수에 젖을지도 모르겠지만, 조합이 생산노동이 아니라 소비노동의 결사체임을 확인한다면 전혀 다른 상념에 빠질 수밖에 없으리라.

김강도 인터뷰에서 "냉소적인 동시에 진중해 보이는 고리키의 눈빛을 보며 소설가로서 어떻게 살아가야 할 것인지를 고민"(〈'의사 김선생'이 아닌 '소설가'로 불리고픈 남자〉, 오마이뉴스, 2020년 10월 6일)하는 것이지, 고리키 작품과 비슷한 소설을 쓰겠다는 의도를 품지 않음을 분명히 밝힌다. 그렇지만 김강이 사회주의자는 아닐지언정 리얼리스트임을 부인하기는 어렵지 않을까. 화성 개척단이 등장하는 첫 번째 소설집의 단편 「그대, 잘 가라」를 포함하는 그의 대부분 소설은 가까운 미래를 배경으로 삼는다. 그러기에 김강 소설이 지금의 우리 현실을 다루지 않는 것처럼 느낄 독자도 있겠지. 한데 어떤가 하면 그의 작품은 현재의 인간 군상과 그들이 연동하는 사회 구조를 계속 떠올리게 만든다. 김강이 염두에 두는 소설의 미래성은 고리키 식의 투쟁에서 승리하는 내일이라기보다, 투쟁 자체의 가능성을 심문하는 오늘의 연장에 가깝다.

이는 1990년대 초 대학에 입학한 뒤 그가 겪은 방황, "세상과 인간에 대한 고민, 이를테면 '우리는 어떤 방식으로, 무엇을 지향하며, 어떻게 살아야하는가'라는 생각"(위의 인터뷰)에 닿는다. 그것은 물론 현실 사회주의 몰락—소련 해체를 목격한 체험과도 무관하지 않다. 그 시절 번민의 내용을 구체적으로 알 수는 없으나, 이제와 우리는 김강이 쓴 소설을 통해 고뇌의 흔적을 짐작해볼 수 있다. 이것은 여전히 현재 진행형이니까. 또한 책날개에는 쓰여 있지 않은 김강 인생의 변곡점과 결부시킬 여지도 있겠다. 예컨대 법대에서 공부하다 20대 후반 의대에 재입학한 일, 내과 전문의로 근무하면서 2017년 소설가로 등단한 일이 그렇다. 그에 따르면 앞에 두 번은 부모에 의한 부모를 위한 선택이었다. 법대는 부모의 권유로, 의대는 부모에게 걱정 끼치지 않겠다는 마음으로 진학했다.

이 같은 결정을 무가치하다고 여기지 않는다. 결국엔 김강이 고른 진로이고 그는 자신의 행보에 책임을 졌다. 다만 법대나 의대 공부가 그의 삶을 온전히 충족시킬 수는 없던 것 같다. 그렇지 않았다면 마흔다섯 살이 되던 해 주말마다 책상 앞에 앉아 소설을 썼을 리 없다. 의사로서, 아버지로서, 남편으로서의 역할은 평일에 충실하겠다. 대신 휴일에는 작가로서 살겠다. 그런 다짐은 아무나 할 수 있지만 아무나 실행할 수 있는 게 아니다. 왜 김강이 소설 쓰기에 몰두하게 되었는지에 관해서는 여러 가지 설을 풀어놓을 수 있겠으나, 자아 탐색으로만 국한되지는 않을 듯하다. 그의 작품은 고전적 소설 정의—자아와 세계의 대립과 충돌에 부합한다. 김강이 언급한 대로 "세상과 인간에 대한 고민, 이를테면 '우리는 어떤 방식으로, 무엇을 지향하며, 어떻게 살아야하는가'라는 생각"은 '오늘날 여기와 내가 길항하고 교차하는 관계'를 반드시 전제한다.

"소설가로선 일상에만 천착하지 않고, 조금은 큰 주제의 이야기를 하고 싶다."(같은 인터뷰)라는 발언 역시 그의 소설이 무엇보다 정치적 목적을 띠고 있음을 추측케 한다. 그것은 예술을 정치 도구로 전락시키겠다는 미숙한 모략과는 상관없다. 김강이 숙고하는 바는 예술과 정치의 공진화다. 그는 교조적인 답안을 강변하지 않는다. 김강은 예술과 정치의 공진화를 밀고 나갈 때 포착 가능한 '순수한 진실'을 붙잡으려 한다. 이에 대해 고리키는 1917년 다음과 같이 쓴 적이 있다. "모든 시대를 불문하고 언제나 똑같은 의미를 갖고 있으며, 진정으로 '태양보다 더 아름다운' '순수한' 진실을 말하고자 한다. 비록 그 순수한 진실이 우리에게 모욕감과 슬픔을 불러일으킨다 할지라도."[1]

이 구절에서 눈여겨봐야 할 것은 태양보다 더 아름다운 순수한 진실이 우리에게 모욕감과 슬픔을 불러일으킬 수 있다는 부분이다. 아

---

1) 막심 고리키, 이수경 옮김, 『시의적절치 않은 생각들 : 혁명과 문화에 대한 소고』, 지만지, 2010, 29쪽.

름다울지 어떨지는 몰라도, 순수한 진실을 붙들려는 김강 소설은 그
래서 누군가에게 불편함을 야기한다. 그는 「그날 비가 왔다」에서 끊
을 수 없는 폭력의 발생과 전이를 재복과 그의 아버지와 챔피언(개)
의 삼각 고리로 그려냈고, 「도르다」에서 근시안적 세계관에 사로잡
힌 이들의 맹점을 수조 안 물고기들의 역사로 알레고리화했으며,
「사자들」에서 동네 책방을 장소로 암컷에 목매는 수컷들의 행태를
희화화했고, 「일어나」에서 이제는 사라진 젊은 시절 열기에 대한 애
도를 땀 과다증에서 무한(無汗)증을 앓게 된 남자의 모습으로 나타냈
으며, 「옛날 옛적에」와 「득수」에서 성폭력(범)을 둘러싼 담론의 그럴
듯한 허상과 초라한 실체를 상반되게 묘파했다. 이처럼 그가 적시하
는 진실은 독자로 하여금 비릿한 웃음을 자아내는 한편 모욕감과 슬
픔을 불러일으킨다.

　게다가 20~30대 여성 작가들의 페미니즘 소설이 한국 문학장의
대세로 떠오른 지금 시각에서는, 1970년대생 남성 작가가 쓴 남성
서사는 주된 문학사적 흐름의 바깥에 놓이는 것처럼 보인다. 그런데
요즘의 문단 경향에 속하지 않는다고 해서, (젠더) 감수성에 면밀하
게 천착하지 않았다고 해서, 김강 소설을 읽는 행위가 현 시점에서
무용하다는 뜻은 아니다. 짧게 상론한 그의 작품들은 확실히 독서 지
평에서의 불쾌한 이질감을 촉발한다. 그러나 김강은 본인이 던진 문

제의식을 초점화하지, 가부장제와 얽힌 (성)폭력 등에 수긍하지 않는다.

　다른 어떤 것보다 먹고 사는 일의 지난함을 부각하는 재현이 김강의 특기다. 「월요일은 힘들다」에서 그는 무인도에서조차 휴일을 갈망하면서 생존을 위해 분투하는 남자의 일지를 공개해두었고, 「와룡빌딩」에서 건물주조차 살기에 녹록지 않은, "가진 것 모두를 투자한, 부자가 아닌 사람들은 여유가 없었다."라는 말이 통용되는 한반도 통일 이후의 생활을 조명했다. 회사에 출근할 필요가 없는 무인도에 정착한다면 행복하지 않을까 하는 상상. 통일은 대박이라는 언설에 더해 건물주가 된다면 남부러울 게 없겠다는 소망. 각박한 사회를 살면서 남몰래 품어본 적 있지 않나. 그렇지만 실은 이것이 근거 없는 공상에 불과하다는 순수한 진실을 김강은 슬그머니 제시한다. 이와 연관 지어 표제작 「소비노동조합」은 집중적인 독해가 요구되는 소설이다. 이 작품은 기본소득제가 시행되는 "황금시대"를 바탕으로 전도된 생산과 소비의 역학, 채권자와 채무자의 권리를 논의의 장으로 이끌어낸다.

　기본소득제도가 실시된 지 벌써 30여 년이 지난 2069년. '나'는 아버지에게 물려받은 사채업을 하고 있다. 24개월 기준 60% 이익을 취

232

하는 고리대금업이다. 하지만 담보(기본소득 통장과 체크카드)와 이자를 제외하면, 그의 사채업은 채무자 자활을 돕는 성격을 가진 마이크로크레디트와 유사한 점이 있다. 아버지가 세운 네 가지 원칙 덕분이다. 채무자가 직업이 없으면 안 되고, 채무자의 임금은 보전하며, 빚의 용도를 파악해, 3년 이상 대출해주지 않는다. 2020년대 제3금융권에 비하면 이 조건이 "더 인간적"인 면모를 갖는 것이 사실이다. 그래도 속지 말아야 한다. '나' 스스로 고백하듯이, "나의 행동과 결정이 모두 선의에서 나온 것은 아니다. 내게서 돈을 빌리고 내게 돈을 갚으면서 평생을 살아야 한다." 흑심이다. 그는 상냥하게 상대에게 부채의 족쇄를 채운다.

결코 호락호락하지 않은 '나'를 당황시키는 인물이 형진이다. 형진은 '나'에게 돈을 빌려 친구들과 모종의 사건을 벌인다. 전국소비노동조합 회장으로서 기본소득 인상을 주장하며 기본소득부 장관 집무실을 점거한 것이다. 체포돼 구치소에 갇힌 형진은 자기 직업이 소비자임을 강조한다. "누리는 것이 아니라 소비를 한 거지요. (……) 우리의 존재와 우리의 소비 덕분에 피라미드가 유지되는 것이니 당연히 우리는 월급 받는 노동자, 소비자라는 직업을 가진 노동자인 거지요." 소비노동자로서 임금을 올려달라는 단체교섭권을 행사했을 뿐이라는 형진의 항변은 2020년대 한국에 사는 독자에게 다양한 생각거리를 제공하는 궤변이다. 이상 모든 것이 '나'의 말마따나 "거짓말"이어도 무방하다. 소비가 어쩌면 우리의 노동일지도 모른다는 관점의 전환, 그러니까 국가가 기본소득을 준다고 "인심 쓰는 것처럼 젠체하지 마라"는 인식의 재고는 할 수 있으니까.

막 두 번째 소설집을 낸 작가에게 너무 많은 기대를 거는 것은 독자의 과욕이다. 그러나 그가 늘 고리키 사진을 들여다보면서 "조금은 큰 주제의 이야기를 하고 싶다"는 포부를 드러내는 부지런한 작가라면, '우리는 어떤 방식으로, 무엇을 지향하며, 어떻게 살아야 하는가' 하는 질문의 근사한 소설적 답변을 바라도 되지 않을까. 그러려면 주체 각성과 사회 혁명의 문학 교본인 고리키의 『어머니』(1907)에 준하는 장편소설 집필에 김강이 조만간 착수해야 할 것 같다. 『어머니』와 닮은 소설을 쓰라든가, 그 정도의 성취를 이루라는 무리한 주문을 하려는 게 아니다. 김강이 매달려왔고, 매달리고자 하는 "세상과 인간에 대한 고민"을 펼쳐내기에 단편은 잘 어울리는 틀이 아니라서 그렇다. 전작을 비롯해 이 책에 수록된 단편을 아울러 나는 그가 서사를 더욱 밀어붙이길 원한 독자였다. 김강이 내비친 흥미로운 주제 의식의 폭과 깊이만큼 앞으로 그가 전개할 장대한 이야기가 궁금해서. 고리키의 형형한 눈빛도 김강을 이대로 놓아두지 않을 테고.

첫 단편 소설을 쓰고 나서 소설을 쓸 수 있다는 사실을 알았다.

등단을 하고 나서 소설을 업으로 삼아도 된다는 허락을 받았다.

첫 소설집을 내고 나서, 온/오프 공간의 독자들을 만나고 나서 비로소 나는 작가가 되었다.

첫 소설과 등단, 첫 소설집을 내기까지 시간적 간격이 짧았다. 내달린 탓이다.

내달려온 관성의 힘을 감당할 수 없어 한 발짝 더 내딛는다. 두 번째 소설집이다.

딱 한 발짝만 더 내딛는 것으로 관성의 힘을 받아낸다. 이제 조금 천천히 걷겠다. 걸음의 간격과 걷는 자세, 등에 진 배낭에 담을 것들을 세심히 살피겠다.

이제는 조금 여유로워야겠다. 비워낸 속을 채우는 것, 지나쳤던 골목을 들여다보는 것, 미처 읽지 못한 편지에 답하는 것으로 하루, 한 달, 열두 달을 보내겠다.

이제는 조금 부지런해지겠다. 나의 언어를 건넬 수 있는 다양한 형식을 알게 되었고, 협업의 즐거움을 알게 되었으며, 누군가의 겨드랑이에 양 팔을 넣어 일으킬 수 있는 힘을 알게 되었다. 부지런함으로 이 앎들을 증명하겠다.

두 번째 소설집을 준비하면서 '나의 소설'에 대해 생각했다. 이번에도 선후가 바뀐 셈이다. 나쁘지 않다. 급하지 않으니까. 계속 살아갈 것이고 계속 쓸 것이니까. 어렴풋했던 '나의 소설'의 출발점과 목적지가 조금씩 모습을 드러낸다. 그것은 질문이고 질문이며 또 질문이다. 그것은 되묻는 것이고 되묻는 것이며 또 되묻는 것이다. 뒤돌아보지 않을 것이며 오늘과 내일을 살아갈 이들에게 묻고 되묻고 다짐받을 것이다. 물론 격려도 잊지 않겠다. '나의 소설'은 이것이다.

두 번째 소설집을 준비하는 동안 반레 작가님과 천승세 선생님, 남정현 선생님께서 귀천하셨다. 생전 직접 뵙지 못한 아쉬움을 세 분의 글을 읽는 것으로 달랜다. '온당치 못한 평화와도 싸워야 한다.'는 천승세 선생님의 말씀을, '그대, 계속해서 가라.'는 반례 작가님의 말씀을, '진짜 세상을 향해 달려가겠다.'는 남정현 선생님의 말씀을 새기며 글을 쓰겠다. 쉼 없이 이어가겠다. 세 분의 명복을 빈다.

대화는 항상 즐겁다. 그것은 소통이며 공감의 수단이다. 또한 대화는 번뜩이는 직관과 깊은 통찰의 시간이며 짧고 편협한 이해를 교정하는 공간이다. 그 시간과 공간을 함께한 이들에게 감사드린다. 부모님, 동반자와 아이들, 형제와 그의 가족들, '쓸까'의 문우들과 동인 '음'의 작가들, 즐거운 협업의 길을 보여준 두 최 시인, 비우고 채우는 법을 알려주신 홍 시인.

두 번째 소설집의 출간을 흔쾌히 맡아주신 아시아 출판사에 감사드린다.

첫 번째 소설집에 이어 두 번째 소설집의 편집을 맡아주신 아시아 편집부에 감사드린다.

낯선 작가의 소설집 발문을 흔쾌히 써주신 허희 평론가와 추천의 말을 건네주신 홍기돈 평론가께 감사드린다.

이대환 선생님과 방현석 선생님께 감사드린다. 지켜봐주시길. 더욱 치열하게 쓰겠다는 약속을 드린다.

소비노동조합

ⓒ김강

2021년 3월 31일 초판 1쇄 발행
2021년 5월 1일 초판 2쇄 발행

지은이 김강
펴낸이 김재범
인쇄·제책 굿에그커뮤니케이션
종이 한솔PNS
펴낸곳 (주)아시아
출판등록 2006년 1월 27일 제406-2006-000004호
주소 경기도 파주시 회동길 445
전화 031.955.7958
팩스 031.955.7956
이메일 bookasia@hanmail.net

ISBN 979-11-5662-532-2 03810

값은 뒤표지에 있습니다.